지금

살아있음을 느낄까

괜찮아

두 아이 엄마의
뇌종양 투병기

지금
살아 있으니까
괜찮아

최
진
희

지
음

좋은땅

　사람들은 자신이 가진 건강이 얼마나 소중한지 모른다. 나 또한 그랬다. 나에게 주어진 건강과 정상적으로 작동하는 몸을 언제나 당연시 여겨왔다. 그렇게 으레 옆에 있을 것처럼 생각하던 것을 잃고 나서야 비로소 그 소중함을 깨닫게 된다. 그래서 더욱 절실히 깨달아야 한다. 살아 있음이 얼마나 감사한 일인지. 아프지 않고 건강한 몸을 소유한다는 것이 얼마나 큰 축복인지 말이다.

　나는 평범한 삶을 살아가는 30대 여자였다. 학교를 졸업하고 직장에 취업해 몇 년간 경력을 쌓았고 그간 사랑하는 사람을 만나 결혼도 했다. 내 나이의 여성이라면 자연스럽게 거치는 과정을 밟아 가고 있었다. 이런 나에게 '뇌종양'이라는 병이 찾아왔다. 평범했던 삶이 송두리째 흔들렸고 나는 그제야 깨달았다. 이전의 삶이 얼마나 축복받은 감사한 삶이었는지 말이다.

　위기는 기회라고 했던가. 뇌종양 첫 번째 고비를 넘길 무렵, 이렇게 살다 가긴 너무 아까운 인생이란 생각을 했다. 그래서 내가 살아가면서 원하는 바가 무엇인지 깊이 고민했다. 한참의 고민 끝에 '강사'라는 꿈을 찾았다. 사람들에게 내 이야기를 통해 힘을 줄 수 있는 강사가 되고 싶었다. 건강의 적신호가 켜지지 않았다면 꿈은 허황된 사람이나 꾸는 것이라고 생각했을지 모른다. 그저 현실에 쫓겨 바쁘게 살다 홀쩍 나이를 먹지 않았을까? 꿈을 향한 나의 액션은 적극적이었다. 전문성을 갖추기 위해 대학원에 진학했고, 관련 자격증이나 전문가 과정이 있으면 서슴없이 달려가 등록했다. 그리고 평소 버킷리스트에 담아둔 묵은 목록을 꺼내 하나씩 이뤄가는 노력도 잊지 않았다.

아이 둘을 낳고 남편과 '평범'이란 울타리를 다시 재건할 즈음, '뇌종양 재발'이라는 위기가 또다시 찾아왔다. 조금 더 사나운 성격을 가진 뇌종양으로 진화해 있었다. 나는 또다시 뇌종양과 싸우기 위해 입원과 항암치료를 이어가고 있다. 나의 병은 현재진행형이다. 하지만 중요한 사실은 나는 잘 싸우고 있으며 오늘도 살아 있다는 것이다.

만약 인생에 운명이 정해져 있다면 우리 삶의 시작과 끝도 어느 정도 예견되어 있다는 의미다. 하지만 내일 일이 어떻게 될지는 하늘만 안다. 그저 오늘 하루에 감사하며 하루하루 기쁘고 즐겁게 살아가는 것이 우리가 할 수 있는 전부다.

마지막으로 이 책을 출간하는 데 도움 주신 출판사에 감사의 말씀을 전합니다. 아울러 집필에 많은 도움을 준 사랑하는 남편 장준혁, 그리고 소중한 딸 장보윤, 아들 장건우에게 진심을 담아 사랑의 마음을 전합니다.

2018. 08. 18.

최 진 희

1

자유를
만끽하며

웹디자인을
선택하다

나는 웹디자이너로 첫 사회생활을 시작했다. 학창시절 미술을 전 공하기 원했지만 현실적인 어려움으로 미대 진학은 하지 못했다. 평 소 일러스트와 포토샵 다루기를 좋아해 친구들에게 사진을 예쁘게 꾸며 선물하기도 했다. 그래서 내가 잘하는 일과 좋아하는 일을 접목 시켜 웹디자이너라는 직업을 선택하게 되었다. 어떤 직업이든 선택 하기 이전에 그 직업의 향후 전망을 예측할 수 있어야 한다. 성장하 는 산업이 있는 반면, 사양 산업이 존재하기 때문이다. 2000년 당시 웹 시장의 가능성은 무궁무진했다. 언론에 따르면 1993년 중반에 전 세계 약 130개의 웹 사이트가 있었다면, 2000년에 그 숫자는 1,500만을 넘어섰다. 불과 7년 만에 생긴 엄청난 변화였다. 이 수치만으로도 당시 웹 시장이 얼마나 성장 가능성이 높은 분야였는지 쉽게 알 수 있다.

웹디자이너라는 직업이 컴퓨터 앞에 앉아 홈페이지를 만들고 고품격 이미지를 제작하는 고상한 직업이라 여길 수 있지만 현실은 그렇지 않았다. 처음 웹디자이너의 길에 발을 디뎠을 무렵 녹록지 않은 하루하루가 기다리고 있었다. 매일 같이 반복되는 야근으로 몸은 지쳐갔고 클라이언트가 만족할 만한 결과물을 제시하지 못한다면 다시 제작해야 하는 설움도 있었다. 무엇보다 디자이너로서 내가 추구하는 예술적 방향이 분명 존재했지만, 웹디자이너는 비용을 지불한 고객의 바람대로 100% 표현해야만 했다. 당시를 회상하면 쉬운 일이 하나도 없었던 것 같다. 그렇게 나는 10년간 웹디자이너로 한 길을 걸어왔다.

'내가 다른 직업을 선택했으면 어땠을까?'라는 질문을 스스로에게 던진다면 비록 쉽지 않은 길이었지만 나에게는 최고의 직업이 아닐까 생각된다. 사실 나는 학교 졸업 후 취업 준비를 하는 동안 아르바이트를 병행했던 기간이 있었다. 고급음식점 서빙을 했었는데 3일 근무하고 일주일간 몸살을 앓았다. 누군가 나의 이런 모습을 본다면 '참 끈기 없는 사람이네.'라는 생각을 할지 모른다. 당시 나는 키 162㎝에 몸무게 40kg으로 아주 마른 편이었다. 그때 깨달았다. 내 신체조건으로 육체적인 일을 하는 직업은 도저히 무리임을. 이런 이유로 웹디자이너라는 직업이 내게는 최고의 직업이 아니었나 생각이 든다. 웹디자이너 경력 7년차 무렵, 외부에서 홈페이지 제작 의뢰도 종종 들어와 경제적인 면에서도 큰 불만은 없었다. 어느 순간 '내가 이 업계에서 인정받는 디자이너가 되었구나.'라는 사실을 깨달을 수 있었다.

나는 대기업에 다니는 사람도 아니고, 여기저기를 기웃거리며 떠도는 사람도 아니었다. 그저 평범하고 소소하게 내가 좋아하는 일을 직업 삼아 하루하루를 살아가는 그런 보통사람이었다.

남편을
만나다

웹디자이너는 생각처럼 쉬운 직업이 아니었다. 그래서 다른 웹디자이너들은 어떤 생각을 하며 힘든 시기를 극복하는지 궁금했다. 한편으로는 위안 받고 싶었던 심정이었고, 함께 공감하며 서로에게 힘이 되어 줄 수 있는 친구가 필요했던 것이다. 그래서 당시 유행했던 다음카페를 검색하게 되었고 한 카페의 정모에 참여하게 되었다. 경기도에 살고 있었던 나는 정모가 있던 날 서울 강남으로 먼 외출을 했다.

한 명 두 명 모이기 시작했다. 서먹하게 인사를 나누고 분위기를 환기시키기 위해 모두들 맥주잔을 기울였다. 이런 정모에는 뒤늦게 도착하는 회원이 꼭 있기 마련이다. 분위기가 무르익어 갈 때쯤 한 남자가 회원들과 친근하게 인사 나누며 들어왔다. 이 카페에서는 꽤 많은 활동을 한 사람이 아닐까 생각되었다. 속으로 '저 사람도 디자이너 중 한 명이겠구나?' 싶었다.

그 남자는 사람들과 반갑게 인사를 나누며 대화를 이어갔고 그 흐름이 나까지 이어졌다. 처음 만나는 남자였기에 인사 정도만 나누었지만 '이 사람이 나에게 호감을 느끼는구나.'라고 본능적으로 느낄 수 있었다. 개인적으로 나는 같은 직업의 남자를 이성으로 생각해 본 적이 없었다. 창작의 고통 때문일까, 남자 디자이너가 일하는 분위기를 옆에서 많이 봐 왔기에 달갑지 않았다. 하지만 이 남자에겐 반전이 있었다. 디자이너 관련 카페에 디자이너가 아닌 사람이 참석한 것이다. 그것도 오래전부터. 그래서 그 남자에 대한 호감도가 크게 상승했다.

그 남자는 3차 술자리 도중 내 손을 잡고 밖으로 나갔다. '고백이라도 하려나?' 생각했지만 의외의 장소로 나를 데려갔다. 둘만의 술자리나 노래방으로 가는 줄 알았는데 그 남자가 나를 데려간 곳은 PC방이었다. 왜 여길 데려왔는지 이해를 할 수 없었다. 지금 시대에 페이스북, 트위터, 인스타그램과 같은 SNS가 있다면 2000년대 초반에는 싸이월드가 있었다. 누구나 싸이월드 미니홈피로 자신을 표현하던 시대였고 우리도 예외는 아니었다. 우리는 PC방에서 싸이월드 미니홈피

주소를 교환하고 사이버상의 친구로 연결되었다.

  그렇게 시작된 만남은 연인으로 발전했고 그 남자는 세상에 단 하나 뿐인 지금의 내 남편이 되었다.

남미 열정의 춤
살사댄스

사람마다 갖고 싶은 취미가 있을 것이다. 그것이 등산일 수도 낚시일 수도 있다. 하지만 직장생활이나 자신의 환경을 이유로 하고 싶은 취미를 모두 누리기란 쉽지 않다. 나 또한 평소 도전해 보고 싶었던 취미생활이 있었다. 그것은 바로 남미 열정의 춤 살사댄스였다.

살사댄스 카페를 검색해 한 곳을 찾았고 첫발을 디뎠다. 살사댄스는 파트너와 함께 손을 맞잡고 추는 춤이다. 그래서 당시 남자친구에게 어떻게 설명해야 할지 몰랐다. 몰래 배울 수도 있었지만 당당히 말하는 것이 좋을 것 같아 동의를 구했다. 남자친구는 내 말을 듣고 반대는 하지 않았지만 그렇다고 완전히 동의한 것도 아니었다. 불안하다며 첫 모임 장소에 함께 가자고 제안했다. 모임에 도착해 나는 살사댄스 카페 회원들과 춤을 췄고 남자친구는 뒤에서 지켜보고 있었다. 아마 많은 남자들이 득실대는 모임이라 마음이 놓이지 않았나 보다.

집으로 돌아오는 길에 남자친구는 춤이 재미있어 보인다고 말하며 자신도 함께하고 싶다고 했다. 이를 시작으로 우리는 정식으로 살사 수업에 등록해 함께 춤을 배우기 시작했다. 연인이 같은 취미를 공유 한다는 것은 큰 의미가 있었다. 공통의 취미가 등산이라면 산에 오르 며 앞에서 끌어 주고 뒤에서 밀어 주며 정이 두터워질 것이다. 살사댄 스는 둘이 함께 리듬에 몸을 맡기며 그 안에서 텐션으로 서로를 확인 할 수 있다. 시끄러운 음악 안에서 둘만의 메시지를 공유할 수 있는 그 런 댄스였다.

살사댄스를 배우며 사람들과 단체 공연도 여러 차례 했고 장기자랑 대회에 둘이 참가해 대상을 타는 영광도 누렸다. 주위에서 우리를 지 켜보는 사람들은 언제 이런 춤을 배웠냐며 연인이 함께하는 춤에 부러 움과 호기심 어린 눈으로 우리를 바라봤다. 우리 커플로 인해 살사댄 스에 첫 발을 디딘 사람도 있었다.

라디오 방송이나 TV 프로그램에서 사랑하는 남녀커플이 서로의 취 미와 사생활을 이해하지 못해 잦은 다툼이 발생하고, 심지어 사랑에

금이 가는 상황을 어렵지 않게 접할 수 있다. 경험만큼 소중한 스승은 없다는 말처럼 비록 나또한 훌륭한 댄서는 아니지만 사람들에게 살사 댄스를 적극 추천하고 싶다.

지금 살아있으니까 괜찮아

연극
활동

누구나 자신만의 버킷리스트가 있다. 버킷리스트란 죽기 전에 해보고 싶은 일을 적은 목록을 말한다. 비록 목록으로 정리하고 데이터화하지 않더라도 누구나 가슴속에 하고픈 일을 품고 살아간다. 나의 버킷리스트 중 하나는 연극이었다. 무대 위에서 내가 아닌 다른 사람으로 다시 태어나는 것이다. 생각만 해도 가슴 설레는 일이 아닐 수 없다.

나는 우연한 기회에 '페르소나'라는 연극동아리에 가입하게 되었다. 페르소나는 아마추어 연극동아리다. 하지만 페르소나에 가입한 회원들의 열정만은 어느 프로 극단에 뒤지지 않았다. 나 또한 그랬다. 나는 두 번의 연극 공연에 참여했다. 내가 처음 무대에 선 작품은 〈리투아니아〉였다. 리투아니아는 유럽 동북부 지역의 작은 나라 이름이다. 이 연극은 리투아니아를 배경으로 하는 에피소드를 다루고 있었다. 두 번째 공연은 〈여자는 무엇으로 사는가〉라는 제목으로 여자의 삶과 심리를 연극으로 표현한 작품이었다.

아마추어 연극동아리 특성상 낮에는 각자 자신의 일에 전념하고 평일 저녁시간이나 쉬는 날 집중적으로 연극 연습을 한다. 물론 연습 환경도 좋은 편은 아니다. 아마추어 연극동아리인 만큼 직장에서 일이 늦게 끝나는 바람에 상대 배우 없이 혼자 연습하는 사람이 있는가 하면 갑작스런 야근으로 연극 연습에 불규칙적으로 참여하는 사람도 있었다. 내 환경도 크게 다르지 않았다. 직장에서 받은 스트레스를 이겨내며 힘겹게 연습을 이어갔다.

어렵게 얻은 만큼 더 소중하다고 했던가. 연극의 막이 오를 날이 하루하루 다가올 때면 힘든 일도 잊고 연습에만 전념하게 된다. 그렇게 준비한 연극연습은 공연 당일 빛을 발한다. 가족부터 가까운 친구들 그리고 관객이 모인 자리에서 우리는 무대 위 주인공이 된다. 행복한 시간이었다.

연극 공연이 이틀에 걸쳐 끝이 나면 사람들과 뒤풀이 장소로 이동을 했다. 뒤풀이는 연극 연습을 하며 사람들과 부딪혔던 일, 동아리 운영에 관한 의견 대립, 연습하며 있었던 개개인의 어려움 등 평소 쌓였던 일들을 늘어놓고 해소하는 시간이었다. 연극 공연을 마치며 사람들은 서로에게 받았던 상처를 씻어내고 또다시 하나가 된다. 그렇게 사람들은 묵었던 스트레스를 해소하고 다음 공연을 위한 에너지를 재충전했다.

비록 오랫동안 연극동아리 활동을 하지는 못했지만 내 인생 한편의 목마름을 채워 준 소중한 경험으로 남아 있다. 공연을 준비하는 내내 나는 행복했다. 공연을 준비하며 느낀바가 있었다. 목마름을 채우기 위해서는 반드시 그만한 대가가 지불되어야 한다는 점이다. 당연한 진리지만 또 한 번 가슴깊이 깨달았다.

2009년 4월 연극 공연 티켓

공연 사진

공연리허설 사진

지금 살아있으니까 괜찮아

결혼에
골인까지

사람마다 결혼에 대한 나름의 생각과 철학이 있다. '결혼적령기'도 사람에 따라 생각하는 시기가 모두 다르다. 나는 결혼을 빨리 하거나 늦게 해도 큰 상관이 없다고 평소에 생각해 왔다. 늦게 결혼하면 싱글로 인생을 좀 더 즐길 수 있는 장점이 있고, 빨리 하면 그만큼 사랑하는 배우자를 빨리 만났다는 의미로 해석될 수 있어 좋은 일이라 생각했다.

앞서 말했듯 나는 2004년 인터넷 카페 동호회에서 한 남자를 만나 교제를 시작했다. 사귀는 사이 이상도 이하도 아니었지만 그 남자는 그렇지 않았던 것 같다. 교제 후 1년쯤 지난 시점부터 남자는 결혼 얘기를 꺼내기 시작했다. 처음에는 약간 거부감이 들기도 했지만 '그만 큼 나를 사랑하는구나.'라고 생각하며 대수롭지 않게 넘겼다. 그러다 조금씩 남자의 결혼공세는 강해졌고 부모님께도 넌지시 말씀드린 것 같았다. 20대 중반이었던 당시, 나는 결혼을 빨리 해도 나쁘지 않다는 생각을 했던 것 같다.

하지만 나에게 단 한 가지 결혼에 대한 원칙이 있었다. 적어도 부모 님께서 반대하는 결혼은 하지 말아야 한다는 생각이었다. 드라마에 등 장하는 단골스토리가 반대하는 결혼을 극복한 후 어려움과 난관을 헤 쳐 행복의 울타리를 완성하는 주인공의 얘기다. 그런 스토리의 드라마 를 볼 때마다 이해가 되지 않았다. 왜 굳이 저런 결정으로 인생을 힘들 게 할까. 그리고 무엇보다 축복 속에 치러진 결혼식도 파경을 맞는 경 우가 허다한데 왜 시작부터 반대하는 결혼으로 좋지 않은 인상을 남기 는지 반대하는 결혼을 하는 이들이 이해되지 않았다.

우리의 결혼 얘기가 조금씩 오갈 즈음 예상치 못했던 일이 발생했 다. 평소 남자친구의 어머님은 나에게 아주 호의적이셨고 잘 대해 주 셨다. 그래서 결혼에 대한 거부감이 크지 않았던 이유도 있었다. 하지 만 결혼 얘기가 나오자 남자친구 어머님은 결혼에 동의하셨지만 시기 가 이르다는 말씀을 하셨다. 결혼은 남자가 많은 준비를 해야 하는데 이렇게 준비되지 않은 상황에서는 힘든 결혼생활을 할 수밖에 없다는 것이다. 또 이것은 결혼 상대측에도 예의가 아니라 생각하셨던 것 같다. 그래서 몇 년 후에 결혼하는 것이 어떻겠냐는 의견이셨다. 물론 나 또한 몇 년 후의 결혼에 대해 찬성이었다.

모든 상황이 순조롭게 흘러갈 때 남자친구가 지금이 아니면 안 된다는 의견을 냈다. '저러다 말겠지.' 싶었으나 남자친구의 생각은 확고해 보였다. 우리는 사이좋은 커플이었지만 결혼 얘기가 오간 후부터는 다툼이 잦아졌다. 그 다툼으로 서로에게 상처를 주기도 했다. 남자는 나와의 결혼을 위해 반대하는 어머님과 부딪혔고 급기야 집을 나오는 사태까지 벌어졌다. 남자의 강한 의지를 안 어머님은 끝내 결혼을 허락하셨고 나에게 그 소식이 전해졌다. 하지만 나는 달갑지 않았다. 인생에 한 번뿐인 결혼을 이렇게 하기는 싫었기 때문이다.

내심 우리 부모님께서 반대해 주길 기다렸지만 반대하지 않으셨다. 평소 남자친구가 착한 사람이고 무슨 일이든 열심히 하는 사람이라 판단하셨기에 결혼에 동의하신 것 같았다. 만약 우리 부모님께서 반대하시면 그 명분으로 '어, 부모님께서 반대하시니까 그럼 하지 말자!' 이렇게 자연스럽게 거부의사를 밝히고 싶었는데 생각처럼 되지 않았다. 나 또한 남자친구가 맘에 들지 않았던 것이 아니라 당시 그 상황을 피하고 싶었던 마음이 컸기 때문이었다. 하지만 결혼하게 된다면 이 상황은 자연스럽게 넘어갈 것이고 큰 문제는 없을 것이라 예상했다. 우리는 그렇게 2006년 12월 2일, 서울시 종로구에 위치한 한 예식장에서 결혼식을 올렸다.

지금 살아있으니까 괜찮아

프로포즈

여자는 누구나 결혼에 대한 환상을 가지고 있다. 백마 탄 왕자가 나타나 무릎을 꿇고 손에 입을 맞추며 '나와 결혼해 주세요.' 하는, 이런 유의 비슷한 시나리오를 머릿속에 그린다. 현실과 이상의 괴리를 생각한다면 이 정도는 아니지만 적어도 남자가 정성들여 준비한 프로포즈는 받고 싶은 것이 여자의 마음이다.

보통 사랑하는 남자에게 프로포즈 이벤트와 함께 청혼 받기를 기대한다. 하지만 당시 나는 결혼을 하기로 마음의 결정을 내린 상태였다. 그래서 결혼식 전까지라도 남편이 기억에 남는 이벤트를 해 주길 내심 기대했다. 하지만 결혼식을 한 달 앞둔 날까지 아무런 기미가 보이지 않았다. 왠지 결혼이 어영부영 진행되는 느낌에 속상해 혼자 울기도 했다.

평범한 일상을 보내던 어느 날, 학교 후배가 술 한 잔 하자며 모임에 불렀다. 청첩장도 줄 겸 회사를 마치고 서울 신촌으로 향했다. 생각보다 많은 사람들이 모여 있었다. 특별함 없이 밥 먹고 술자리로 자리를 옮겼다.

처음 가 보는 라이브 바였다. 우리 멤버는 대략 열 명 정도였기에 넓은 테이블에 자리를 잡고 앉았다. 술 한두 잔이 들어갈 즈음 와인바 주인장이 무대 위 마이크를 잡았다. 한 남자분이 오늘 용기를 내 사랑하는 사람에게 프로포즈를 한다는 것이었다. 나는 그 멘트에 부러움과 함께 축하의 박수와 환호를 보냈다. 그런데 이게 웬일, 내 예비 남편이 무대 위에 기타를 들고 올라갔다. 그와 동시에 눈부신 조명이 내가 앉아 있는 자리로 향했고 사람들은 나를 향해 박수를 치고 환호를 했다. 어리둥절했다.

프로포즈 이벤트는 청혼의 편지를 공개적으로 읽는 것으로 시작해 유리상자의 '신부에게'를 부르며 케익과 목걸이를 선물하는 것으로 끝이 났다. 나중에 알게 된 사실이지만 그 술자리 모임 또한 남편의 계획이었고, 많은 사람이 모인 것도 남편 계획의 일부였다. 각각 역할을 분

지금 살아있으니까 괜찮아

담해 연기한 것이었다. 술자리 분위기를 잡는 사람, 지나가는 길에 우연히 멋진 와인바를 찾은 듯 사람들을 이끌고 들어가는 사람 등 모두 계획된 것이었다.

　나는 예비 남편의 프로포즈에 큰 감동을 받았다. 공개적인 프로포즈여서가 아니라, 남편이 이를 기획하고 실행에 옮기기 위해 얼마나 많은 노력을 기울였을지 생각하니 거기에 대한 고마움이 무척 컸던 것이다. 이날은 내 평생 기억에 남을 하루로 소중히 간직되고 있다.

남편의 프로포즈

2

뇌종양이
모든 것을
뒤흔들다

응급실로
실려 간 날

내 삶의 방향이 전환된 중요한 날이다. 아이러니하지만 그날 아침은 너무도 평범했다. 여느 때와 마찬가지로 남편과 함께 간단히 아침식사를 마친 후 강남에 위치한 회사에 출근하기 위해 지하철에 몸을 실었다. 회사에서 점심을 먹고 난 후 내 몸 컨디션이 급격히 나빠졌다. 두통과 함께 속이 매스껍고 구토까지 하며 몸을 제대로 가누기 힘들 정도였다. 어딘가에 몸을 기대고 싶어 적당한 장소를 찾았던 것까지 기억이 난다.

사실 그 다음 기억은 내 머릿속에 존재하지 않는다. 눈을 떴을 땐 회사가 아닌 강남세브란스병원 병실이었다. 머리는 계속 지끈거렸고 눈앞에는 병실 침상에 커튼이 쳐져 있었다. 걱정스런 눈으로 남편이 옆에서 내 손을 잡고 날 바라보고 있었다.

영문을 몰랐던 나는 친정 엄마 아빠에게 연락했다는 남편의 말에 왜 걱정하시게 연락드렸냐고 다그쳤다. 남편은 아무 말 없이 날 바라보고만 있었다. 표정의 변화는 크게 없었지만 근심을 가득 안은 듯했다. 얼마 지나지 않아 친정 부모님과 동생까지 모두 병원에 도착했다. 괜히 큰 걱정만 끼쳐 드린 것 같아 죄송한 마음뿐이었다.

이전에도 나는 연례행사처럼 갑자기 몸이 좋지 않아 응급실로 향했던 적이 몇 번 있었다. 거의 1년에 한 번꼴이었던 것 같다. 그때마다 큰 문제없이 하루 정도 지나 바로 퇴원했었는데 주위에서 괜히 걱정하실까 봐 알리지는 않았다. 그런데 이번에는 가족들에게 모두 알렸다고 하니 이해되지 않았고 이유가 궁금했다.

추후 남편에게 들은 말에 의하면 응급실에서 벌어진 일이 내게는 잘려진 필름처럼 깨끗했지만 남편에게는 생지옥을 맛본 순간이었다고 한다. 그 얘기를 들은 후 나는 사태의 심각성을 깨달았다. 단순히 몸 상태가 좋지 않아 병원에 온 것이 아님은 분명해 보였다.

다음 챕터인 「사라진 응급실 기억」 편은 남편에게 작성을 부탁했다.

사라진
응급실 기억

- 남편의 글

먼저 아내의 책에 남편으로서 펜을 들 수 있어 감사하단 말을 전하며 글을 시작한다. 응급실에서 있었던 당일 기억은 십 년 전 일이지만 마치 어제 겪은 일처럼 내게는 아주 생생하다. 내 삶의 가장 최악의 순간을 순위로 매긴다면 단연 1위는 그날 그 순간이다.

나는 직장에서 일하던 중 한 통의 전화를 받았다. 평소 알고 지내던 아내 회사동료였다. 첫마디는 급히 병원으로 와야 한다는 말이었다. 다급한 그의 목소리에서 평범한 상황이 아님을 눈치 챌 수 있었다. 이어 아내에게 과거 병력이 있냐는 질문을 했다. 왜 갑자기 그런 질문을 하는지 감이 잡히지 않았다. 이어진 그의 말에 나는 다급히 가방을 챙겨 병원으로 뛰어갔다. 아내 회사동료의 말로는, 지금 응급차를 타고 강남세브란스병원으로 향하는 중인데 아내가 사람을 알아보지 못한다는 것이었다.

전화를 끊자마자 병원으로 향했다. 가는 내내 발생할 수 있는 모든 가능성을 열어 두고 상황을 예측하려 했지만 예측은커녕 내 머릿속 불안만 커졌다. 병원에 도착해 응급실에서 만난 아내는 나를 알아보지 못했다. 충격이었다. 태어나서 한 번도 겪어보지 못한 상황이었다. 혼란스러워하는 나에게 의사선생님은 다음과 같이 말하며 선택을 요구했다.

"특정 병으로 추측되는데 약물을 쓸 수 있습니다. 하지만 결과는 장담할 수 없습니다. 결과의 1/3은 정상으로 돌아올 수도, 1/3은 뇌사상태가 될 수도, 나머지 1/3은 사망할 수도 있습니다."

의사선생님은 그런 얘기를 무심한 말투로 전하고 있었다. 그 말조차 믿기지 않는데 그 뒤에 한 문장을 덧붙였다.

"이 약물도 1시간이 지나면 사용조차 하지 못합니다. 결정을 내려주세요."

의사선생님의 말은 의학적으로 적절한 상황 판단일지는 모르지만 남편인 내가 듣기에는 생지옥문이 열리는 느낌이었다.

'아내를 죽이고 살리는 일을 간단히 결정하라니, 그것도 짧은 시간 안에……'

그 말을 듣자 나는 아무런 말을 할 수 없었고 잠시 시간을 달라고 했다. 내 눈에는 하염없이 눈물이 흐르고 있었다. 내 의지와는 무관한 눈물이었다. 그렇게 한동안 응급실 옆에서 혼자 깊은 고민에 빠졌다. 고민 끝에 결정을 내렸다. 나는 약물을 처방해 달라고 했다. 하지만 할 수 있는 검사를 총동원해서 최대한 실수가 없도록 해 달라고 부탁드렸다. 다행히 MRI 검사결과, 응급실 의사선생님이 생각한 병명은 아니었다. 아마도 의사선생님께서 생각하신 병명은 출혈성 뇌졸중인 '뇌출혈'이 아니었을까 생각된다. 그래서 두개골 속에서 발생한 뇌출혈을 멈추기 위한 약물을 사용하자고 제안했던 것 같다. 그렇게 아내는 정밀검사를 통해 뇌종양 판정을 받게 되었다.

일정 시간이 지난 후 아내는 응급실에서 병실로 옮겨졌고 다시 정상 컨디션을 되찾았다. 하지만 회사에서 쓰러진 기억부터 응급실에서 있었던 일은 전혀 기억하지 못했다. 오히려 몸 컨디션이 조금 안 좋았을 뿐인데 왜 가족에게 연락했냐며 나를 질타했다. 그런 모습 또한 정상으로 돌아온 후였기에 안심할 수 있었다.

지금 돌이켜보면 당시 응급실에서 나에겐 선택권이 없었다. 갑작스러운 일이 발생했지만 사람의 생명이 오가는 상황에서 시간을 끌다가는 위험만 초래할 뿐이었다. 아무런 조치도 하지 못하고 최악의 상태가 될 수도 있었기 때문이다. 아마도 당시 응급실에서 아내를 진료하던 의사선생님이 내게 준 것은 선택권이 아닌 약물처방에 대한 동의를

지금 살아있으니까 괜찮아

요청하고 있었던 것 같다. 불행인지 다행인지 그렇게 아내는 다시 깨어나 뇌종양 판정을 받았고 몇 차례 수술과 치료를 반복하며 오늘도 화목한 가정의 일원으로 살아가고 있다.

첫 입원

처음 눈을 떴을 때 낯선 병원의 입원실이었다. 내 옆에는 남편이 앉아 있었고 그 뒤로 오가는 간호사가 눈에 보였다. 병원 침대 아래쪽에 동생이 걱정스런 표정으로 나를 바라보고 있었다. 병실에서 깨어난 후 몸 컨디션이 정상이 아님을 깨달았다. 몸에 힘이 없었다. 하지만 연례 행사처럼 가끔 입원을 했던 나는 이 상황이 특별하게 느껴지지는 않았다. 그저 빨리 회복해서 집에 가야지 하는 생각뿐이었다. 그 상황을 대수롭지 않게 여겼던 나는 남편을 통해 상황을 설명 들은 후 사태의 심각성을 깨달을 수 있었다. 그날 나는 의사선생님께 새로운 이름표를 받았다. '뇌종양 환자'라는 이름표였다. 나로서는 내가 '뇌종양 환자'라는 게 믿기지 않았다. 그렇게 병원생활이 시작되었다.

나는 어릴 적부터 잔병치레는 하지 않았다. 마른 체격 탓에 체력이 늘 문제였지만 큰 무리를 하지 않는다면 일상생활에 문제없는 건강을 유지하고 있었다. 그리고 큰 병이나 사고 없이 평범한 삶을 살고 있었다. 사는 동안 큰 병이나 사고가 없었다는 말은 병원과 큰 인연이 없다는 말로도 해석된다.

어제까지 하던 모든 걱정은 정지되었고 새로운 걱정이 몰려왔다. 입원 전에는 직장에서 진행하던 프로젝트 걱정, 마감기한 걱정, 디자인 시안에 관한 걱정이 머릿속을 가득 메우고 있었다면, 입원 이후에는 내 걱정만으로도 생각이 너무 많아졌다. 뇌종양이라는 병을 받아들여야 했고, 수술 이후 항암치료가 기다리고 있었다. 나에 대한 걱정만으로도 머릿속이 너무 복잡했다.

사람이 관심을 가질 수 있는 영역은 한정되어 있다. 나는 입원과 함께 '뇌종양 환자'라는 판정을 받자 자연스럽게 다른 걱정들은 어떤 것이 있었는지조차 희미해져 버렸다. 어제까지 나를 옥죄던 고민과 걱정이 한순간에 사라졌다는 것을 보며, 그동안 하지 않아도 되는 걱정을 하고 살았던 것은 아닐까 하는 생각이 들었다. 허무함이 느껴졌다. 마치 내 머릿속 고민들이 삶의 전부인 것처럼 살아왔는데 크게 걱정하지 않아도 되는 일이었다니 말이다.

이 글을 읽고 있는 독자분도 현재 어떤 걱정과 근심을 가슴속에 품고 있든, 그보다 더 큰 어려움과 위기가 찾아온다면 지금의 근심 걱정은 뒤로 한 발짝 물러날 것이다. 가령 부모님과의 의견 마찰 중 부모님께서 갑자기 위독하다는 소식을 들었다면, 혹은 자녀의 성적이 떨어져 고민하던 부모가 자녀 사고 소식을 접했다면, 이전의 걱정은 모두 사라지고 새로운 걱정거리가 자리 잡을 것이다. 당신은 지금 무엇에 사로잡혀 있는가.

세상을
다시 바라보다

나는 입원했던 당시 상황을 남편을 통해 구체적으로 재확인했다. 내 기억엔 없었지만 현실이었다. 죽을 수도 있다는 생각을 하니 제일 먼저 든 생각은 '인생 별거 아니구나.'였다. 나는 죽음에 대해 한 번도 생각해 보지 않았는데, 무엇보다 서른이란 나이는 죽음에 대해 생각하기엔 너무 이른 시기인데, 내 허락도 없이 갑작스럽게 이런 상황을 맞았다.

이는 내 삶 전체를 돌아보는 계기가 되었다. 한 책에서 사람은 죽을 때 살아서 하지 못한 일에 대한 아쉬움이 제일 떠오른다고 한다.

내 짧은 삶을 돌아보니 큰 아쉬움은 없는 삶이 아니었나 생각이 들었다.

나에게 맞는 직업인 웹디자이너를 큰 어려움 없이 선택해 한길을 걸었고, 이성을 만나 후회 없는 사랑을 나눴고, 결혼식 주인공으로 웨딩드레스도 입었다. 또 하고 싶었던 취미생활도 주말을 활용해 두루 섭렵했다. 스포츠댄스 동호회에서 살사댄스 공연도 몇 차례 했고, 연극 동아리 활동을 통해 무대에도 섰다. DIY 목공예 공방에 다니기도 했다. 비록 화려한 삶은 아니었지만 후회 없는 삶을 살았다는 생각이 들었다. 지금 죽어도 미련 없는 삶을 살았구나 싶었다.

당시 이상하게도 부모님께 죄송한 마음은 크게 들지 않았다. 사람은 자신이 겪은 만큼 깨닫는다고 했던가, 첫 입원 당시 애가 없었던 내게 부모님의 심정을 읽을 수 있는 경험치가 없었다. 그저 부모님께는 조금 죄송하다는 마음만 들 뿐이었다. 동생은 언니가 사라진다고 해도 잠시 슬프다 잊게 될 것이고, 동갑인 서른 살의 남편도 시간이 지나면 새로운 사람을 찾을 것이라 생각되었다. 부모님께 죄송했지만 죽음 또한 내 선택이 아닌 만큼 크게 죄송스러운 마음은 없었던 것 같다.

지금까지 살아오며 내 삶 전반을 돌아볼 만큼 여유를 가져 본 적이 있었던가. 교통사고로 세상을 등지는 사람도 많다. 삶을 돌아볼

지금 살아있으니까 괜찮아

시간조차 허락받지 못한 사람들이다. 분명 삶 전체를 뒤흔드는 힘든 시기가 시작된 것은 틀림없었지만, 세상을 다시 바라보는 기회를 얻었다는 사실 또한 분명했다. 이것을 불행 중 다행이라 해야 하나?

정리되는
인간관계

2006년 12월, 내 나이 스물여섯에 결혼식을 올렸다. 결혼식은 인간 관계를 점검해 볼 수 있는 좋은 계기였다. 예상치 못했지만 내 인적 네트워크의 옥석을 가리는 기회였다. 아마 결혼식을 치른 사람이라면 알 만한 일이다. 입원으로 병원생활을 시작할 때 결혼식과 비슷한 기회를 맞은 기분이었다. 가깝다고 생각했던 사람이 멀게 느껴지기도, 멀게 느껴졌던 사람이 가깝게 느껴지기도 했다. 다시 인간관계를 재정립하는 계기가 되었다.

학교를 졸업하고 사회생활을 시작하면 일정한 생활영역이 생긴다.

대학생 시절 '집, 학교, 친구'의 패턴이었다면 사회로 진출해 결혼한 이후에는 '집, 직장, 가족'으로 패턴이 바뀐다. 하지만 입원한 나에게는 '병원 패턴'이 내 삶에 새롭게 끼어들었다. 병원 패턴은 단순했다. 치료하고 밥 먹는 것 외에는 특별함이 없었다. 물론 병원에 입원한 목적이 병 치료였기에 당연한 일이었다.

자신의 일상을 깨고 나에게 병문안을 와준 이들이 참 고맙게 느껴졌다. 여기서 예상치 못한 일이 있었다. 나에게 거침없이 달려와 줄 것이라 생각했던 친구들 중 퇴원할 때까지 단 한 번도 나타나지 않은 친구들이 있었다. 반면 생각지도 못했던 지인이나 친구가 찾아와 나를 위로해 주는 일도 있었다. 기쁠 때 함께 웃어 주는 사람보다 슬플 때 함께 울어 주는 사람이 진정한 나의 사람이라는 말처럼, 그 사람들이 내게 큰 위안과 힘이 되어 주었다. 사실 나를 찾지 않은 친구를 섭섭하게 여기기보다 바쁜 생활 속에서도 나를 잊지 않고 찾아 준 친구가 특별하게 느껴졌다는 표현이 맞을 것 같다.

세상 모든 일은 한쪽 면만 존재하지 않는다. 우리가 생각하는 단순한 나쁜 일도 멀리 내다보면 좋은 점과 나쁜 점이 동전의 양면처럼 존재한다. 내게는 입원이 여기에 해당된다. 인간관계 재정립은 반드시 필요하지만 바쁘다는 핑계로 차일피일 미루는 숙제와 같은 것이다. 입원은 인간관계를 돌아보게 하는 소중한 기회였다.

잊고 지냈던
가족의 힘

결혼식을 올리고 남편과 나 단둘만의 가정을 꾸렸다. 물론 주위의 도움과 조언을 받았지만 이제 새로운 가족 구성원은 우리 둘이 전부였다. 부모님을 비롯한 주위 사람들은 비중 있는 조연에 불과했다. 결혼식을 올리고 몇 년 동안 일과 가사에 매달려 가족과 친지에 많은 신경을 쓰지 못했다. 물론 그들도 그들 삶의 주인공으로 충실히 살아가고 있었다.

역사를 돌아보면 전쟁이 빈번했던 시절, 외부에 큰 적이 나타나면 작은 싸움은 멈추고 큰 적을 몰아내기 위해 하나가 되는 사례를 어렵지 않게 찾을 수 있다. 내가 큰 병을 진단받자 가족들은 나를 중심으로 힘을 모았다. 그것은 내가 심적으로 견딜 수 있는 힘으로 변해 갔다. 가족의 소중함을 잊고 지냈던 나는 내 삶의 든든한 후원자가 가족임을 재확인할 수 있었다. 동생은 회사에 사정을 말하고 휴가를 받아 나를 간호했고, 친척들은 평일 저녁시간이나 주말을 이용해 내 병실을 찾아 위로해 주었다.

돌이켜보면 나는 평소 가까운 가족도 자주 만나지 못했다. 한 시간 내외로 이동할 수 있음에도 '무소식이 희소식'이란 말로 마음의 위안을 삼으며 굳이 찾지 않았다. '귀차니즘'이 불러온 현대인의 병 중 하나가 아닐까. 진짜 일이 많고 힘들어서라기보다 휴일에 움직이기 귀찮아 그냥 지나치는 것이다.

1인 가구 증가로 사람들은 혼자라는 인식에 사로잡히는 경우가 많다고 한다. 세상이 흉흉해 이웃과도 쉽게 교류를 하지 않는다. 하지만 우리가 잊고 사는 중에도 가족은 늘 곁에서 울타리가 되어 주고 있었다.

뇌종양 수술에 대한
공포

예정된 수술일자가 다가오자 내 마음은 더욱 초조해졌다. 머릿속 공포는 현실보다 크다는 말을 믿고 싶었다. 처음 겪는 일 앞에 사람은 발생 가능한 모든 경우의 수를 열어두고 상상하게 된다. '수술하다 잘못되면 어쩌나, 아프지는 않을까, 앞으로 내 인생은 어떻게 되는 거지⋯⋯?' 머릿속으로 온갖 생각이 난무했다. 하지만 달라지는 것은 아무것도 없었다. 그저 깊은 생각에 빠졌다가 다시 정신을 차리면 같은 자세로 침대에 누워 있는 나를 발견했다.

수술에 대한 공포가 극대화된 계기가 있었다. 그것은 수술을 위해 머리를 삭발하는 의식이었다. 병실로 찾아온 남자 미용사에 좀 놀랐지만 병원에서는 수술 준비를 위한 자연스러운 한 과정에 불과했다. 그분도 대수롭지 않은 일인 듯 별 표정 없이 머리 깎을 준비를 하셨다. 당시 나는 긴 머리를 파마해 잘 가꾸고 있었다. 면도칼이 내 두피를 지나기 시작하자 내 눈에서는 연신 눈물이 흘렀다. 평소 머리카락에 특별한 고마움은 느끼지 못했다. 하지만 이런 상황에 직면하니 머리카락이 내 여성성을 상징하는 소중한 일부였다는 사실을 깊이 깨달을 수 있었다. 그렇게 불과 10분도 채 안 되는 시간에 나는 긴 파마머리 헤어스타일에서 비구니 스님처럼 삭발한 여성이 되어 있었다. 살갗이 만져지는 내 머리가 낯설었다. 그 후에도 한참 눈물이 흘렀다.

수술 전

수술 후

드디어 내일이면 수술 날이다. 나의 머리, 즉 생각이 아닌 물리적 두 개골을 열어 수술하는 것이다. 사실 어떤 수술일지 상상이 가지 않았다. 팔이나 다리 혹은 배를 수술한다면 그 과정을 예상할 수 있지만 뇌종양 수술은 어떻게 이뤄질지 전혀 감이 잡히지 않았다. 그래서 수술에 대한 공포가 더 크게 느껴졌다. 의사선생님께서는 환자가 스트레스를 덜 받고 컨디션이 좋아야 수술도 잘 될 수 있다고 말씀하셨지만 그것은 내 마음대로 되는 일이 아니었다.

나이 서른 살, 자신의 미래를 그리고 설계하며 하루하루를 보내야 할 시기다. 결혼한 나로서는 자녀계획도 세워야 하고, 내 집을 마련하는 일도 중요했다. 하지만 나의 서른 살은 병실에 누워 뇌종양 수술날짜를 기다리는 신세였다. 열흘 전만 해도 회사에 정상출근을 하던 내가 지금은 뇌종양 환자가 되어 당장 내일 수술대에 오른다는 사실이 믿기지 않았다. 너무도 되돌리고 싶었다. 며칠 전의 나로.

항암치료와
탈모

　수술을 마치고 수술실을 나와 곧바로 중환자실로 이동했다. 중환자실로 옮겨진 그때의 기억은 뚜렷하지 않다. 수술을 마치고 막 수술실을 나왔기에 내게는 그날의 느낌만 존재한다. 병실에 누워 겨우 눈을 떴다. 온몸이 아팠고 한기가 심하게 느껴졌다. 차가운 침대에 누워 오가는 의사와 간호사만 희미하게 보였다. 중환자실에서 정신이 들 무렵 '나는 이제 앞으로 어떻게 살지? 정상적으로 살아갈 수 있을까?'라는 생각이 들었다. 정신은 희미했고 모든 것이 혼란스러웠다. 중환자실은 정상기온을 유지했지만 수술 직후인 나에게는 싸늘하게 느껴졌다.

중환자실에서 일반실로 옮겨진 후 얼마 지나지 않아 다음 치료를 설명하기 위해 의사선생님께서 찾아오셨다. 항암치료(항암화학요법)와 방사선치료에 대한 설명이었다. '암'이라는 단어가 두려움의 대상이 되는 이유 중 하나는 '항암치료' 때문이라는 설문조사를 본 적이 있다. 정확히 어떤 치료가 진행되는지 겪어보기 전에는 알 수 없어 막연한 두려움의 대상이 된다. 나 또한 그랬다. 나는 방사선치료와 먹는 항암제를 함께 병행했다.

항암치료는 나를 무기력하게 만들었다. 방사선치료를 마친 후 빠지는 머리카락에 울음을 터트린 적도 하루 이틀이 아니었다. 항암치료는 내 몸의 에너지를 모두 빼앗아 가는 듯했다. 수술을 위해 머리카락을 삭발했기에 당시 1㎝ 정도의 짧은 머리카락이었음에도, 자고 일어나면 머리카락이 베개에 수십 가닥씩 빠져 있었다. 당시 급격하게 진행되는 탈모에 많은 스트레스를 받았다. 항암치료에 대한 부작용은 사람마다 다르다. 나에게 찾아온 항암치료 부작용은 탈모뿐만 아니었다. 수시로 찾아오는 구토 증상으로 식사를 하기도 어려웠다. 당시 온몸의 체력은 바닥이 났고 밥을 제대로 먹지 못해 기력이 없었다.

방사선치료와 먹는 항암치료가 끝난 후 머리카락이 다시 자랄 것이라는 희망이 컸지만 수술 후 방사선치료를 받은 부위에는 머리카락이 거의 자라지 않았다. 지금도 방사선치료를 했던 자리는 비어 있다. 머리카락이 자라지 않는 것은 슬픈 일이다. 하지만 당시 항암치료를 거의 마칠 때쯤 다시 건강한 삶으로 돌아갈 수 있다는 기대가 더 컸던 것 같다.

3

제2의 인생이 시작되다

해외여행,
새로운 경험을 통한 삶의 활력

수술과 항암치료를 마치고 퇴원했다. 병원 밖으로 나오길 얼마나 기다렸던가. 병원에서의 외출은 기껏해야 강남세브란스병원 2동 5층에 있는 환자 휴게실이나 병원 1층에 위치한 작은 공원이 전부였다. 물론 그곳도 훌륭한 공간이었지만 한 달이 넘는 입원기간 동안 반복해서 다니기엔 좁게만 느껴졌다. 그래서 퇴원하는 날을 손꼽아 기다렸다.

병원생활을 마쳤다는 기쁨이 오래갈 것 같았지만 현실은 그렇지 않았다. 오히려 더 큰 고민이 머릿속을 가득 채우고 있었다. 이 험난한 세상을 뇌종양 환자로 어떻게 살아야 할 것인지 답을 찾아야 했기 때문이다. 정상인의 몸으로도 사회에 적응해 살아가기 쉽지 않은데 어떻게 환자의 몸으로 사회생활을 해야 할지 막연한 걱정이 앞섰다.

남편과 둘이 진지하게 이야기를 나누었다. 어떻게 살아가야 할까? 우선 당장 사회생활을 재개하기는 어려우니 한동안 집에서 쉬는 것으로 합의했다. 그리고 새롭게 시작하기 위한 에너지를 충전하는 시간을 갖기로 했다. 우리가 선택한 것은 해외여행이었다. 비록 넉넉한 형편은 아니었지만 지금이 아니면 여행 갈 시간이 허락지 않을 것 같아 결단을 내렸다.

우리는 신혼여행을 해외로 다녀왔기에 가벼운 마음으로 여행준비를 시작했다. 하지만 과정이 만만치 않았다. 짜여진 코스를 선택하는 것과는 비교되지 않았다. 여행할 국가를 선정하는 것 하나도 쉬운 일이 아니었다. 우리가 고민 끝에 선택한 국가는 싱가폴과 인도네시아였다. 인도네시아 빈탄 섬에서 며칠간 자연 휴양을 하며 피로를 풀고 싱가폴에서 관광을 하자고 의견을 모았다. 비록 짧은 영어 실력이지만 여행에는 큰 무리가 없을 것 같아 우리는 자유여행을 선택했다.

여행을 가서 알았다. 왜 사람들이 해외여행을 그토록 바라는지. 인도네시아 현지의 자연환경 그리고 거기서 만난 사람들은 모두 새로웠다. 서울에서 볼 수 없었던 광경이 시야에 펼쳐졌고 아침, 저녁 출·퇴근으로 바쁜 사람들과는 달리 여유로운 마음으로 살아가는 사람들이 많았다. 현지 사람들과 만나며 자연스럽게 내 마음의 긴장도 풀리고 있음을 느꼈다. 며칠간의 인도네시아 휴양을 마치고 배를 타고 싱가폴로 국경을 넘었다. 싱가폴의 관광명소 몇 군데를 둘러본 후 마지막 날은 북미정상회담으로 전 세계 주목을 받았던 센토사 섬에서 하루를 보내고 다시 한국으로 돌아왔다.

여행에서 돌아온 후 몇 년간, 아니 지금까지도 그때의 기억이 선명하다. 여행의 목적은 충분히 달성한 듯했다. 새로운 경험을 통한 삶의 활력을 찾고 싶다면 해외여행을 추천한다.

인도네시아 빈탄   싱가폴

꿈이
생겼다

'꿈'이라는 단어는 항상 가까이 있는 듯하지만 멀게만 느껴지는 단어다. 꿈은 특별한 사람만이 이룰 수 있는 것처럼 느껴지기도 한다. 마치 평범한 사람이 꿈에 대해 논한다는 것은 왠지 사치라는 생각마저 들 때가 있다. 나 또한 꿈을 생각하며 살아갈 만큼 한가한 사람은 아니었기에 중요하게 생각해 본 적이 없었다. 하지만 뇌종양 수술을 마치고 일상에 적응할 때쯤 꿈에 대해 진지하게 고민하는 시간을 가졌다.

죽을 고비를 넘기고 나니 한 번 왔다가는 인생, 하고 싶은 일도 못 해 본다는 것이, 아니 하고 싶은 일이 무엇인지도 진지하게 고민해 보지 않고 산다는 것이 내 인생에 대한 모독처럼 느껴졌다. 만약 누군가 앞만 보고 달리다 어느 날 사고로 세상을 등진다면 그것만큼 슬픈 일이 있을까. 그래서 나는 내가 좋아하는 일이 무엇이고, 어떤 일에 즐거움을 느끼는지 진지하게 고민했다.

내가 내린 결론은 '강사'였다. 사람들에게 내 이야기를 통해 힘을 줄 수 있는 강사가 되기로 했다. 강사도 분야별로 종류가 다양했지만 나는 '이미지 강사'를 선택했다. 쉽게 이미지메이킹 강사라 생각하면 된다. 이미지메이킹 강사는 패션, 첫인상, 비즈니스매너, 퍼스널브랜딩 등 진로의 폭이 넓은 편이다. 돌이켜보면 내가 이미지강사를 선택했던 것은 내가 바라는 나의 이미지와 남이 느끼는 이미지가 달랐기 때문은 아니었을까? 당시 나는 꿈을 향한 각오가 남달랐기에 결단에 따른 행동도 빨랐다.

먼저 강사라는 직업 특성상 전문성을 갖춰야 한다고 생각했다. 그래서 곧바로 이미지경영을 전공할 수 있는 학교를 찾았다. 한데, 이미지경영을 전공할 수 있는 학교는 거의 전무했다. 어렵게 찾은 곳은 전국에서 유일한 이미지경영대학원이었다. 그래서 큰 고민 없이 국제문화대학원대학교를 선택하고, 석사과정 입학원서를 제출했다. 다행히 한 번에 합격통보를 받았다. 비록 학교가 충청남도에 위치하고 있어 등하교에 어려움이 있었지만 꿈을 향한 길목에 이 정도 난관은 큰 어려움으로 느껴지지 않았다.

누가 나에게 꿈에 어떻게 하면 가까이 갈 수 있는지 묻는다면 당당히 이렇게 말해 주고 싶다.

"당신의 삶이 오늘부터 열흘 남아 있다면 당신은 오늘 하던 일을 열흘 동안 하다가 삶을 마감하실 건가요? 그렇지 않다면 정말 본인이 무엇을 원하는지 자신에게 귀 기울여 보세요."라고.

디자이너로서
활동 재게

조금씩 몸이 회복되자 뇌종양 발병 이전의 컨디션을 찾기 시작했다. 나는 6개월 정도의 시간을 갖고 다시 직장에 취업했다. 기존 강남구에 위치한 회사로 복직하고 싶었으나 공백이 길어 새로운 회사로 이직을 해야 했다. 출근길이 기뻤다. 누군가에게는 평범한 일상 중 하루일 수도, 특별함 없는 무료한 일상일 수도 있었지만 나는 너무나 기뻤다.

나는 서른 살까지 운동을 한 적이 거의 없다. 하지만 퇴원 후에는 매일 아침 운동으로 하루를 시작했다. 물론 거창한 운동은 아니었고 집에서 맨손운동과 작은 운동기구를 이용한 가벼운 운동을 꾸준히 했다. 떨어지는 물방울이 바위를 뚫는다는 말처럼 운동을 처음 시작할 당시에는 몸의 변화를 찾아보기 힘들었지만 시간이 지남에 따라 근력과 지구력이 향상되고 있음을 느낄 수 있었다. 이것이 회사생활을 하는 밑거름이 되었다고 생각한다.

외부에서 바라보는 웹디자이너라는 직업은 보기에 참 좋아 보인다. 컴퓨터 앞에 앉아 편안히 일하는 직업, 고객을 응대하며 스트레스를 받지 않아도 되는 직업, 자기 일만 잘하면 쉽게 고수익을 얻을 수 있는 직업쯤으로 알고 있는 사람이 많다. 하지만 현실과는 다소 차이가 있다. 예술가처럼 순수디자인을 하는 것이 아닌 상업디자인을 하는 직업이다. 이런 특성상 클라이언트의 요구에 모두 맞춰야 한다. 클라이언트가 자신이 원하는 추상적인 이미지를 설명하면 그것을 디자인 프로그램을 활용해 시각적으로 만들어 내 승인을 얻어야 하는 직업이다. 정신적인 스트레스가 많은 편이다.

원하는 일을 직업으로 삼는 사람은 많지 않다. 원하는 일은 취미로 남겨 두고 자신이 가장 잘하는 일로 직업을 삼는 것이 보통이다. 나 또한 그랬다. 웹디자이너는 내게 스트레스를 주는 직업이었지만 내가 경제활동을 가장 효율적으로 할 수 있는 도구였고 다른 직업에 비해 내가 잘 할 수 있는 일이었다.

하지만 뇌종양 수술 후 직업을 바라보는 관점이 조금 달라졌다. 이전의 나에게 직장은 월급을 받기 위한 도구 그 이상도 그 이하도 아니었다면, 수술 이후에는 내 삶을 떠받치는 중요한 요소 중 하나라는 생각으로 옮겨갔다.

취업과
학업병행

퇴원 후 조금씩 생활이 자리를 잡아가기 시작했다. 이전과 비교해 달라진 점이 몇 가지 있었다. 첫 번째는 내 마음가짐이 많이 달라졌다. 아픈 만큼 성장한다고 했던가, 평범한 하루의 소중함을 온몸으로 절실히 느끼고 있었다. 퇴근 후 길거리를 걷는 것조차 건강하니까 가능한 일이라 여겨졌고, 회사에 출근하는 일도 건강하니까 출근할 수 있는 것이라 생각되었다.

두 번째는 바뀐 생활패턴이었다. 퇴원 후 나는 꿈을 찾았고 이를 위해 대학원에 입학했다. 학업에만 몰두할 수 있는 환경이 되지 못해 학업과 일을 병행하게 되었다. 학업과 일을 병행하는 것은 그리 쉽지 않았다. 비록 주말에만 등교하는 대학원이었지만 주5일을 근무하며 자투리 시간을 활용해 리포트를 작성하는 쉽지 않은 스케줄이었다. 하지만 포기하지 않았다. 가다가 멈춰서는 순간, 다시 갈 수 있다는 확신이 없었다.

대학원을 졸업하기 전 나는 첫째 아이를 임신했다. 몸에 다소 무리가 오기도 했지만 공부하는 엄마가 아이에게 나쁠 리 없다 여겼다. 회사에 출근해 열심히 일을 하고, 퇴근 후에는 대학원 수업에 대한 리포트를 작성하는 것이 일상이 되었다. 임신 후에는 입덧이 심해 제대로 먹기 힘들어 체력도 많이 떨어졌다. 우여곡절 끝에 대학원을 졸업하며 마침표를 찍었다. 아직도 그 기쁨은 잊히지 않는다. 무엇인가 도전해 긴 여정의 마침표를 찍는다는 것은 의미 있는 일이다.

중도 포기하면 아무것도 남지 않는다. 자격증시험을 준비하다 그만둔다면, 학교를 다니다 중도 포기한다면, 적금을 붓다 중도에 깬다면 마지막 마침표를 찍었을 때의 성취감은 영원히 맛볼 수 없다. 올림픽에 출전한 선수가 승리한 뒤 눈물 흘리는 장면은 보는 이마저 가슴 뭉클하게 한다. 올림픽 도전에 대한 선수만의 마침표가 아닐까 생각된다.

대학원 졸업장은 그저 두꺼운 케이스에 입혀진 종이 한 장에 불과하지만 내게는 도전에 대한 승리의 증표였다.

하늘이 허락한
생명을 선물 받다

남편이 결혼 전 내게 이런 질문을 던졌다. "결혼하면 아이는 몇 명 낳고 싶어?" 그 말에 나는 망설임 없이 "아들, 딸 하나씩!"이라고 씨익 웃으며 대답했다. 결혼 후 뇌종양 판정을 받고 가장 걱정스러웠던 부분 중 하나는 바로 임신과 출산이었다. 큰 수술로 인해 몸에 무리가 많았을 것이라 예상되었고, 혹여 임신이 되지 않으면 어쩌나, 만약 임신을 하게 된다면 10개월을 잘 견딜 수 있을까, 여러 가지 걱정이 머리를 스쳤다. 출산은 일반 사람들에게도 보통 일이 아닌데 나 같은 몸으로 아이를 출산할 수 있을지, 무엇보다 태어날 아이가 건강하게 태어날 수 있을지 염려스러웠다. 나에게 발생할 수 있는 경우의 수는 엄마인 내가 감당하면 그만이지만 만약 나로 인해 아이가 잘못된다면 생각만 해도 끔찍했다.

뇌종양수술과 항암치료를 마치고 약 1년여가 지날 무렵 남편과 나는 산부인과를 찾았다. 임신에 앞서 아이를 출산할 수 있는 몸인지 검진을 받아 보기 위해서였다. 떨리는 마음을 진정시키며 검진결과를 기다렸다. 다행히 산부인과 의사선생님은 아이를 임신해도 좋다는 검진결과를 주셨다. 걱정을 많이 했던 만큼 좋은 결과에 대한 기쁨이 무척이나 컸다.

그해 11월 어느 아침, 몸 컨디션이 좋지 않았다. 먹은 것 없이 구역질도 많이 났다. 그저 좀 쉬면 나아지겠지 했지만 쉽게 가라앉지 않았다. 혹시나 하는 마음에 임신 테스트기로 테스트를 했다. 결과는 희미하게 두 줄, 임신을 표시하고 있었다. 우리는 산부인과에 가서 임신 여부를 확인했다. 다행히 내 생에 첫 번째 아이가 뱃속에 아기집을 틀고 자리 잡고 있었다. 우리는 세상에서 밝게 빛나는 사람이 되라는 의미에서 아이의 태명을 '별이'라 지었다.

당시 나는 두 가지 일을 병행하고 있었다. 첫 번째는 직장에서 웹디자이너로 사회생활을 하고 있었고 두 번째는 주말을 이용해 이미지경영학 석사과정을 밟으며 학업을 이어가고 있었다. 임신한 몸으로 두 역할을 원활히 소화하기에 어려움이 있었지만 힘들게 얻은 만큼 값지다는 생각으로 하루하루를 기쁜 마음으로 보냈다. 출산이 임박해 회사에 휴직을 신청했고 학교는 졸업을 앞두고 있어 출산 직전에 마지막 학기를 마쳤다. 사실 공부를 병행한 이유 중 하나는 산모가 집에서 멍하니 시간을 보내는 것보다 책 읽고 공부하는 것이 뱃속에 있는 아이에게 긍정적인 영향을 미친다는 전문가들의 조언이 있었기 때문이었다.

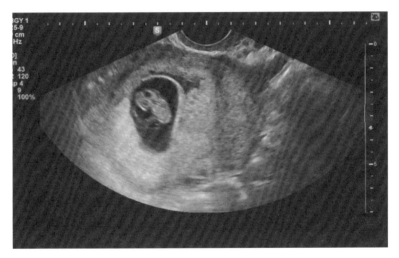

임신초기 초음파 사진

그렇게 2012년 7월 16일, 새벽 산통을 호소하며 산부인과 분만실을 찾았다. 14시간 진통 끝에 아이의 울음소리를 들을 수 있었다. 아이와의 첫 만남이었다. 의사선생님은 내 가슴 위에 갓 태어난 아이를 잠시 뉘어 주셨다. 짧은 시간이었지만 우리는 서로를 느낄 수 있었다. 10개

별이와 함께 찍은 만삭사진

월 동안 내가 품었던 별이가 이 녀석이라니 감격스러웠다. 생전 겪어본 적 없는 진통이 너무 힘들었지만 아이를 만난 순간의 감격은 영원히 잊지 못할 듯하다.

내 건강으로 인해 아이를 갖지 못해도 실망하지 말자며 남편과 손잡고 대화를 나눴던 적이 있었다. 그때 남편은 고맙게도 내 말에 동의해주었다. 쉽지 않은 동의였을 것이다. 그 환경을 극복하고 태어난 아이였기에 더 기쁘고 감사히 여겨졌다.

첫 아이를 출산한 지 1년이 지날 무렵, 하늘은 우리에게 또 하나의 생명을 선물하셨다. 두 번째 출산도 걱정되긴 마찬가지였다. 둘째의 태명은 '콩이'로 지었다. 작은 콩이 싹을 틔운 후 걷잡을 수 없이 성장하듯 무한한 가능성을 품는다는 의미를 담았다. 둘째를 임신한 지 6개월 정도가 지났을 즈음 갑작스런 두통으로 인근 병원 응급실을 찾았다. 나는 뇌종양수술 병력이 있기에 특히 두통에 민감했다. 하지만 병원 응급실에서 아무런 조치를 받지 못한 채 병원 문을 나설 수밖에 없었다. 둘째를 뱃속에 임신하고 있어 겉으로 드러난 증상만으로는 주사나 약을 처방할 수 없었기 때문이다. 그날은 고스란히 고통을 견디며 밤을 지새울 수밖에 없었다. 첫째 아이는 아픈 엄마의 고통이 함께 느껴지는지 옆에서 연신 울고 있었다. 그렇게 10개월의 시간이 흘러 2014년 8월 19일 늦은 저녁 둘째 아이를 출산했다. 두 번째 출산이었지만 첫째와는 또 다른 느낌의 감사한 마음이 들었다.

생명을 잉태하는 일은 인간의 노력만으로 좌우되지 않는다. 하늘이 허락할 때 비로소 생명이 탄생할 수 있다. 나의 사랑하는 딸 보윤이, 아들 건우도 하늘이 허락한 소중한 생명들이다. 소중하고 값진 생명이 우리 가정에 주어졌음은 그만큼 부모로서의 역할에 최선을 다하라는 하늘의 소명임과 동시에 아이들에게는 세상의 빛과 소금이 될 수 있는 소중한 사람으로 성장하라는 의미라 생각한다.

사랑하는 보윤아 건우야, 엄마 아빠가 항상 응원하고 있단다. 사랑해.

엄마가 심은
영어 씨앗

자녀가 태어나면 부모는 자연스럽게 아이의 미래를 그린다. 철저히 부모의 생각과 상상으로 그려진다. 나 또한 그랬다. 어떻게 하면 우리 아이를 다가올 시대에 맞는 인재로 성장시킬 수 있을지 많은 고민을 했다. 그러던 중 눈길을 끄는 한 TV 방송프로그램이 있었다. 첫째 아이가 태어난 지 몇 달이 지난 무렵 〈MBC TV 특종 놀라운 세상〉에 '영어신동'이라는 타이틀을 단 48개월 아이가 소개되었다. 그 아이는 영어를 마치 모국어처럼 능수능란하게 구사하고 있었다. 물론 한국어에도 어려움이 없었다. 이쯤 되면 우리는 '부모 중 한 명이 외국인이겠지.'라고 의심하게 된다. 그런데 아이의 부모는 모두 한국인이었다.

답은 영어 유치원도 아니었고 단지 영어를 하지 못하는 엄마의 영어교육에 있었다. 아이의 엄마는 언어 민감기에 우리말을 습득하는 과정에서 영어도 모국어처럼 환경을 만들어 주면 되겠다는 생각에서 시작했다고 한다. 후에 아이의 엄마는 책을 통해 이렇게 말하고 있다. 영어를 의무가 아닌, 즐거운 놀이로 생각도록 했다는 것이다. 그 엄마는 영어 전공자도 아니었고 영어를 잘 하는 사람도 아니었다. 그저 평범한 여느 엄마와 다름없었다. 아이의 영어 실력은 엄마의 무모한 도전이 이뤄낸 결과인 셈이다.

당시 자녀를 가진 엄마들의 큰 관심사 중 하나는 자녀의 영어교육이었다. 다가오는 글로벌 시대에 경쟁력 있는 역량을 갖추기 위해서는 영어가 필수였기 때문이다. 나는 이 방송을 계기로 아이의 영어교육에 내 노력을 쏟기로 했다. 엄마와 아빠가 할 수 있는 영어라면 생활 속에서 짧은 영어라도 사용하려 노력했고 아이에게 동영상을 보여주더라도 영어로 제작된 동영상을 보도록 생활화시켰다. 최대한 아이를 영어에 노출시키기 위해 노력했다. 자연스럽게 내 노력에 비례해 유아 영어책, 영어교구도 함께 늘어났다. 물론 처음부터 아이가 영어를 잘했으면 하는 욕심은 없었다. 그저 부모의 노력이 아이가 영어에 대한 거부감을 없애는 데 도움이 된다면 그것으로 만족이었다. 한발 더 나간다면 영어를 놀이라고 느끼도록 하고 싶었다.

나는 영어와 거리가 먼 사람이다. 학창시절에도 영어를 잘하지 못했다. 하지만 엄마의 양육에 영어교육이 추가되자 나도 변하기 시작했다. 아이가 잠든 시간을 활용해 낮과 밤을 가리지 않고 팟캐스트 기초 영어 방송을 들으며 교재와 함께 열심히 공부했고, 방송에서 알게 된 내용은 시험기간이 코앞에 닥친 학생처럼 A4용지에 빼곡히 요점을 정리해 벽에 붙여가며 공부했다. 그 양은 조금씩 늘어나 큰방의 벽과 방문, 그리고 작은 방까지 요점정리 노트가 도배되기에 이르렀다.

나의 노력은 그것으로 그치지 않았다. 혼자 마음속으로 한 다짐을 밖으로 꺼내 사람들에게 공표하는 순간 그것은 그 사람만의 것으로 남지 않는다. 사람들이 함께 알게 되면 무언의 강제성이 생기기 때문이다. 그래서 부끄럽고 겁이 났지만 내가 하는 노력을 사람들에게 공표하기로 했다. 당시 '카카오스토리'라는 SNS서비스에 나의 이런 노력을 사진과 함께 올렸다. 응원하는 이들이 많았지만 냉소적인 반응도 있었다. 사람들에게 알림으로써 그만두고 싶어도 그만둘 수 없도록 스스로 족쇄를 채운다는 나만의 다짐이었다. 지금도 보윤이와 건우가 동영상을 시청할 때면 '타요' 영어버전이나 '미니특공대' 영어버전과 같은 영어동영상을 보여준다. 아이들의 영어습득 정도는 아직 알 수 없지만 목표했던 영어에 대한 거부감을 없애는 데 내 노력이 조금은 영향을 미친 것 같다.

이 글을 쓰고 있는 중에도 고민이 된다. 행여 이 글이 아이들의 향후 공부에 부담이 되지 않을까 하는 염려에서다. 그럼에도 용기를 내 글을 쓰는 것은 아이들이 성장하며 다양한 경험과 지식을 쌓는 가운데 어려움에 부딪혔을 때 옆에서 함께 노력하는 엄마가 있음을 알려주고 싶어서다. 집에서 아이를 양육하는 엄마가 할 수 있는 최선의 노력으로 선택한 것이 내게는 '영어교육'이었다. 항상 현재에 충실해 최선을 다하는 보윤이 건우로 성장했으면 하는 바람이다.

4 ——————— ⋀⋁——

뇌종양 재발

뇌종양
1차 재발

2009년 뇌종양 판정을 받고 수술과 방사선치료 그리고 항암치료를 마친 후 퇴원을 했다. 그때부터 6개월에 한 번씩 MRI 촬영을 하며 정기적인 검진을 받아왔다. 그렇게 2015년 말까지 '완치판정을 받은 듯한' 기분으로 행복한 삶을 누리고 있었다. 당시 첫째 아이는 5살, 둘째 아이는 3살 만 17개월을 넘기고 있었다.

하지만 평온했던 가정은 2015년 12월 큰 위기를 맞았다. 뇌종양세포가 조금씩 확산되어 재발 판정을 받게 된 것이다. 가끔 누군가 머리를 찌르는 듯한 느낌과 두통이 있었지만 재발 판정을 받으리라는 생각은 하지 못했다.

뇌종양 재발 판정은 첫 번째 수술을 받은 후 약 7년만의 일이었다. 수술을 한 번 받아본 경험이 있었기에 막연한 두려움은 없을 것 같았지만 예상과 달랐다. 첫 번째 수술과 두 번째 수술은 큰 차이가 있었다. 먼저 뇌종양은 끊임없이 발전한다는 얘기가 충격이었다. 종양의 성격이 나빠진 것은 물론 확산 부위도 넓어진 것이다. 두 번째 수술이 더 위험한 수술일 수밖에 없었다.

의사선생님께 물었다. "왜 7년간 아무런 일이 없었는데 갑자기 이렇게 된 건가요?" 선생님은 안타깝고 미안하다는 표정으로 "정기적으로 MRI 촬영을 하라는 데는 이런 이유가 있었습니다. 만약 완치판정을 내렸다면 환자분께 MRI 촬영을 정기적으로 받으라는 말씀을 안 드렸을 겁니다." 나는 의사선생님의 잘못이 아닌 줄 알지만 원망할 만한 적절한 대상을 찾지 못했기에 선생님을 향한 원망의 눈물이 흘렀다.

수술에 대한 두려움이 더욱 커졌다. 뇌수술은 조금만 잘못 되더라도 신체의 일부 혹은 여러 부위를 사용하지 못하게 될 수 있다. 나는 좌측 뇌에 종양이 발생해 수술을 받지만 뇌에는 신경이 전체적으로 분포되어 있어 양쪽 눈의 시력을 잃을 수도 있고 운동신경을 자극해 좋지 못한 결과를 얻을 수도 있었다. 이런 이유로 의사선생님께서는 처음과는 다른 수술 방법을 제시하셨다. 제시하신 수술 방법은 전신마취 상태로 수술하는 것이 아니라 뇌를 깨워 최대한 신경에 손상이 가지 않게 하는 방법이었다. TV 프로그램에서 이와 비슷한 수술방법을 본 적이 있다. 두개골을 연 상태에서 환자를 깨워 의사선생님의 지시에 따르며 정상부위와 치료부위를 구분하는 방법이었다. 최대한 환자의 신경을 손상시키지 않는 고난이도의 수술이었다.

2016년 1월 중순경 수술일자가 잡혔다. 수술예정일 전일은 머리카락을 모두 삭발해야 한다. 여자에게 머리카락은 특별한 의미를 지닌다. 머리 스타일로 내 기분을 표현할 수도 있고, 아름다움을 극대화시킬 수도 있는 강력한 도구였다. 당시 나는 가슴까지 내려오는 굵은 웨이브의 파마 머리스타일을 하고 있었다. 병실을 방문한 미용사의 면도칼에 의해 나의 머리카락은 바닥으로 덩어리째 떨어졌다. 삭발이 끝날 때까지 연신 눈물이 흘렀다. 삭발이 끝난 후 남편은 삭발한 내 머리가 귀엽고 이쁘다며 칭찬했지만 아무 말도 귀에 들어오지 않았다.

다행히 수술은 성공적으로 끝이 났다.

중환자실에서 일반실로 옮겨진 직후

뇌종양
2차 재발

뇌종양 1차 재발 수술을 받고 항암치료를 마친 후 2년이 채 되지 않아 또다시 2017년 9월 재발 판정을 받았다. 2차 재발 판정이었다. 내 삶이 평범하지 않음은 오래전 투병경험을 시작으로 익히 알았지만 이건 해도 너무한 것 아닌가 하는 생각마저 들었다. 나는 특별한 삶을 바라지 않았다. 평범한 삶을 원했다. 그저 가족이 함께 웃으며 살아가는 그런 평범하고 화목한 가정을. 하지만 하늘은 내게 그것을 쉽게 허락하지 않았다. 행복을 느끼려는 순간 위기가 찾아오고, 다시 행복에 안착하려는 순간 또다시 위기를 맞는 듯했다.

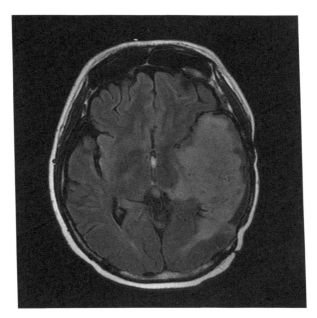

뇌종양 2차 재발 MRI 사진

강남세브란스병원 담당 의사선생님은 수술을 시도할 경우 위험할
수 있다는 말씀을 하시며 약물치료를 권하셨다. 그런데 이번에는 예상
치 못한 병원비가 문제였다. 약물치료에 사용될 치료제는 '아바스틴'
과 '이리노테칸'이라는 항암제였다. 특히 아바스틴의 경우 현재 개발된
항암제 중 효과가 뛰어난 고가의 약물이었다. 보험혜택이 적용되지 않
는 약으로 한 달에 약 300만 원 정도의 치료비가 청구된다고 말씀하셨
다. 무엇보다 언제까지 치료를 해야 할지 정확한 기간을 알 수 없었기
에 1년을 넘길 수도 있었다. 1년 병원비를 대략 산정하면 총액이 3600
만 원에 육박하는 금액이었다. 오래 사용하는 사람은 2년까지 사용하

는 사람이 있다고 한다. 다행히 나는 결혼하며 가입한 보험이 있었다. 보험으로 일정 금액까지는 혜택을 받을 수 있었지만 모든 금액을 해결하기는 어려웠다.

항암치료를 위해 입원 후 2주 정도가 지났을 즈음, 인터넷에 실시간 급상승 검색어가 눈에 들어왔다. 당시 예능과 영화를 섭렵하며 최고를 주가를 올리던 배우 김주혁에 관한 검색어였다. 키워드는 '김주혁 사망'이었다. 나는 강남세브란스병원에 입원해 소식을 들었다. 이 병원에서 차를 타고 10분 정도의 멀지 않은 장소에서 발생한 교통사고로 영화배우 김주혁이 사망한 사건이었다. 개봉될 영화 홍보와 예능프로그램 촬영으로 바쁜 일정을 보내던 그는 2017년 10월 30일 갑작스러운 교통사고로 세상을 떠났다. 순간 멍한 느낌이었다. 그리고 깨달았다. '하늘이 데려갈 사람은 저렇게 데려가는구나.' 한참동안 아무런 생각이 들지 않았다.

얼마의 시간이 흐른 뒤 머릿속에서 이런 말이 맴돌았다. '사람의 바람대로 세상은 움직이지 않는다. 그저 현실에 맞게 열심히 살아가는 것이 최선이다. 잘 살고 못 살고는 사람의 영역일지 모르지만 죽고 사는 문제는 하늘이 결정하는 일이다.'라는 생각으로 가득 찼다. 2009년 뇌종양 판정을 받고 약 10년째 입원, 수술, 치료를 반복하며 살아가는 나는 아직 병원에서 치료받으며 오늘을 살아가고 있는데, 예능과 영화에서 최고의 주가를 올리던 배우 김주혁은 한순간 우리 곁을 떠났다.

어떻게 받아들여야 할지 혼란스러웠지만 우리 주위에서 이런 일들은 어렵지 않게 접할 수 있다.

　우리는 영원히 살 것처럼 하루하루 살아가지만 누구나 끝이 있음은 알고 있다. 과거에 대한 후회, 미래에 대한 걱정 모두 좋지만 가장 중요한 것은 오늘 지금 살아 있다는 사실이다.

항암
치료

속된 표현으로 좋지 않은 기억의 장소나 사람을 두고 '그쪽으로 오줌도 안 싼다.'라고 표현한다. 우연이라도 마주하고 싶지 않은 기억 때문이다. 나에게 마주하고 싶지 않은 것이 무엇이냐 물어본다면 '항암'이라 말하고 싶다. 항암치료를 받아본 사람이라면 알겠지만 참으로 치료 과정이 힘들다. 항암치료가 무서운 것은 부작용 때문인데, 과거에 비해 의학의 발달로 약물도 많이 좋아졌고 생존율도 높아졌지만 여전히 그 과정은 힘들다. 첫 수술 후 항암치료를 받을 때는 처음 경험하는 항암치료에 대한 막연한 두려움이 있었다면 재발로 인한 항암은 그 대상이 무엇인지 이미 알고 있었다. 무엇보다 새로운 항암 약물이 어떤 부

지금 살아있으니까 괜찮아

작용으로 이어질지 모르는 상황이었기에 더욱 두려웠다.

2차 재발에 따른 항암치료를 2017년 10월 15일부터 시작했다. 나에게 처방된 항암제는 '아바스틴'과 '이리노테칸'이었다. 입원과 퇴원을 반복했고 항암제가 주삿바늘을 통해 몸 안으로 들어올 때마다 몸과 마음이 너무 힘들었다. 치료 후에는 며칠간 입맛이 없어 밥을 제대로 먹지 못했고 구토 증상도 심했다. 하지만 구토 증상으로 인해 먹는 것을 거르거나 포기한다면 치료는 더욱 힘든 상황으로 갈 수 있다는 의사선생님의 말씀이 있었기에 더 괴로웠다. 항암치료는 2주를 주기로 반복되고 있었다. 일반적으로 같은 고통이 반복되면 사람은 둔감해지기 마련이다. 하지만 항암치료는 그렇지 않았다.

특히 '이리노테칸'이라는 항암제가 힘들었다. 항암을 시작할 당시 두 가지 약물을 시기를 달리해 투여했다. '아바스틴'은 견딜 만했지만 이리노테칸은 부작용이 심했다. 책에서 항암제 이리노테칸에 대해 읽은 적이 있다. 염산이리노테칸의 개발단계에서 477명의 암환자를 대상으로 효과를 실험했다. 당시 피험자 가운데 20명(4.2%)이 부작용 때문에 사망했다는 사실이 1993년 말에 보도되었지만, 특정 암에 20%의 높은 유효율이 나타냈다고 하여 인가되어 판매되기 시작했다고 한다.[1] 또 언론을 통해 의약관련제품 제조기업 하임바이오텍 관계자는 "이리노테칸을 잘못 투여하면 암 환자가 병을 고치기 위해 투여한 약

---

[1]   곤도 마코토, 장경환 역, 《암과 싸우지 마라》, 나남출판, 2013, p.36.

물의 부작용으로 사망하게 되는 매우 아이러니한 상황이 발생한다."라고 말한바 있다.[2]

항암제를 투여할 당시 막연히 '항암은 원래 다 힘든 거야.'라는 생각에 아픔을 속으로 삭이기만 했다. 항암제의 특성과 성격을 알고 난 후에도 치료과정에 달라진 점은 없었지만 내가 이겨내야 할 대상을 안다는 자체로도 큰 위안이 되었다.

사람은 희망을 잃으면 역경을 이겨내기 어렵다. 내가 항암치료를 이겨낼 수 있었던 것은 행복한 가정으로의 복귀였다. 사랑스런 두 아이가 나를 반겨 주는, 주말을 이용해 가까운 공원에서 돗자리를 깔고 가족이 둘러앉아 시원한 바람을 맞는, 어린이집을 마친 아이들과 손잡고 집으로 돌아오는, 가족이 함께 대형 쇼핑몰을 둘러보는, 평범한 일상이지만 내게는 가깝지 않은 것들이었다.

---

2 파이낸셜뉴스, 2018.06.01.

수술 후유증
언어장애

수술 받은 부위가 머리인 만큼 수술 전부터 후유증이 있을 것이라는 얘기를 의사선생님께 전해 들었다. 수술이 끝난 후 의사선생님께서는 언어와 운동신경에 추후 이상이 발생할 수 있음을 언급하셨다. 다행히 운동신경에는 큰 영향이 없었지만 언어에는 이상이 있었다. 수술 이후 말하는 데 불편함이 있어 많이 답답했다.

언어기능의 저하는 몇 가지 증상으로 나타났다. 첫 번째는 눈에 보이는 현상에 대해 적절한 단어가 잘 떠오르지 않았다. 휴대폰을 말하고 싶은데 휴대폰이라는 단어가 떠오르지 않는다. 그래서 '휴대폰'이라는 단어를 설명하기 위해 또 다른 설명을 해야 했다. 양말이란 단어를 말하고 싶은데 단어가 떠오르지 않아 양말에 대해 설명을 늘어놓아야 했다. 물론 나 못지않게 대화하는 상대도 많이 답답해했다.

두 번째는 상황과 맞지 않는 엉뚱한 단어가 나도 모르게 입에서 튀어 나왔다. 예를 들어 머릿속에서는 분명히 '주황색'이라는 단어가 맴돌았는데 아무렇지 않게 나는 주황색을 '초록색'이라 말하고 있었다. '파란색'을 머릿속으로 떠올렸지만 내 입은 '빨간색'을 말하고 있었다. 신발을 신을 때도 '신자'라는 표현이 떠올랐지만 내 입은 '입자'라고 말하고 있었다. 여기서 문제는 내 자신은 머릿속으로 생각한 단어를 제대로 말했다 생각하니 당시 내 언어가 이상하다는 점을 발견할 수 없었다. 그래서 내 말을 듣는 상대는 이상한 눈으로 나를 바라보곤 했다. 이와 비슷한 상황이 반복되었다.

이런 나의 증상을 식구들은 이해했지만 나를 처음 만나는 사람, 선생님, 어린이집 엄마들은 그렇지 않았다. 그래서 오해를 없애기 위해 처음 만날 때 내 사연을 모두 얘기하며 이해를 구해야 했다.

언어의 불편함은 나 혼자로 끝나지 않았다. 어린아이들의 교육문제로 이어졌다. 어린아이들은 부모의 언어에 큰 영향을 받는다. 아이가 궁금해하는 질문을 듣고 곧바로 알려줄 수 있는 선생님이 옆에 있는 것과 없는 것에는 큰 차이가 있다. 만약 백지 같이 깨끗한 아이들의 머릿속에 잘못된 언어나 단어의 뜻이 기록된다면 그것을 바로잡는 데에는 큰 어려움과 시간이 필요하다. 이런 점에서 내 증상은 아이들 교육에 악영향을 미치고 있었다. 그래서 지금은 남편에게 교육을 맡기고 있다.

긍정적으로 생각한다면 나의 이런 증상이 나쁘다고만 보기는 어려운 면이 있다. 이것도 수술을 성공적으로 마쳤기에 언어가 불편한 선에서 아이들과 함께할 수 있으니 말이다. 만약 수술 경과가 좋지 못했다면 살기 어려웠을지도 모른다. 엄마가 없는 것보다 있는 것이 낫고, 병원에 있는 것보다 집에 있는 것이 좋을 것이다. 비록 내가 지금 좋은 선생님으로는 다소 부족함이 있을지 모르지만 우리 아이들을 사랑하는 엄마로서의 역할은 이 세상 누구보다 잘 할 수 있다.

돌이켜보면 말하기가 불편해진 것에 대해 상심이 컸던 이유는 가졌던 것을 잃었다는 생각 때문이다. 의학이 발달한 현대에 살기에 이것도 가능한 것이다. 최악이 아닌 차악을 선택했다고 생각하면 이 또한 부정적으로만 여길 일은 아니라 생각한다.

치료를 위한
적절한 보험이 필요하다

우리 부부는 결혼할 당시 경제적으로 넉넉한 살림이 아니었다. 결혼은 비슷한 환경의 사람이 서로 만난다는 말처럼 친정과 시댁 모두 비슷했다. 우리가 결혼 직후 제일 먼저 했던 일이 있었다. 그것은 메이저 보험사 몇 군데에 연락해 우리 상황을 말하고 보험과 재무 설계를 받기로 한 것이다. 사람이 돈을 버는 일도 중요한 일이다. 자본주의 사회에서 경제적으로 윤택한 생활을 위해 필요한 만큼의 돈은 반드시 있어야 한다. 하지만 나는 평소 돈 버는 것만큼 큰돈이 빠져나가지 않도록 하는 것도 중요한 일이라 생각하며 살아왔다.

'사위 사랑은 장모, 며느리 사랑은 시아버지'란 말이 있다. 하지만 내겐 시아버지가 계시지 않는다. 남편의 중학교 시절 시아버지가 위암으로 돌아가셨기 때문이다. 남편의 말을 빌리면 위암으로 돌아가실 당시 보험가입이 전혀 되어 있지 않은 탓에 농촌에 살았던 시댁은 논과 밭을 팔아 아버지의 병원비를 충당했다고 한다. 농촌 특성상 수확기가 아니면 딱히 수입원이 없었기에 부족한 병원비를 위해 그런 선택을 할 수밖에 없었을 것이다. 어린 시절 이런 경험으로 남편도 보험의 필요성을 강하게 느끼고 있었다.

그래서 우리는 재무 설계를 받고 우리 수준에 맞는 보험을 가입해 유지하고 있었다. 다행히 당시 가입한 보험으로 우리 가정은 이중고를 피할 수 있었다. 비록 마음은 힘들지만 재정적으로 큰 어려움에 빠지지는 않았다. 지금까지 나는 보험혜택을 받고 있다. 물론 모든 항목을 보장받기는 어렵지만 지금도 든든한 힘이 되어 주고 있다. 만약 보험마저 가입되어 있지 않았다면 현실은 더 힘든 상황이 되었을 것이다.

현대인에게 보험은 반드시 필요하다. 너무 많은 보험은 사치일 수 있다. 하지만 병이 찾아왔을 때 정상적인 생활을 유지하기 위해서는 적어도 적정선의 치료비를 지원받을 수 있는 보험은 있어야 한다. 이렇게 내 책에서 보험을 논하는 이유는 보험가입을 독려하기 위해서가 아니다. 적어도 자기 인생의 미래를 설계하는 사람이라면 적정선의 안

전망은 구축하고 있어야 한다는 말을 하고 싶어서다.

　사랑하는 남편이나 아내, 자녀가 아픈데 치료할 돈이 없다면 현대의
학은 무용지물이다. 치료약이 개발되어 있어도 비용을 지불하지 못한
다면 처방받지 못하는 것이 현실이다. 그래서 최소한의 안전망은 구축
할 필요가 있다고 말하고 싶다. 사실 많은 사람들이 재무 설계를 통해
안전한 울타리에서 생활하고 있지만 이런저런 이유로 그렇지 못한 사
람도 많다. 갑작스럽게 발생할 수 있는 변수에 우리는 반드시 대비해
야 한다.

애 맡길 곳이
없다

뇌종양 2차 재발로 인한 항암치료를 시작해야 한다는 소식을 접한 후 한동안 아무것도 할 수 없었다. 그저 눈물만 흐를 뿐이었다. 치료에 대한 두려움과 치료 후 정상생활이 가능할지에 대한 공포가 컸다. 무엇보다 병원을 오가며 정상적인 생활이 어려워질 상황에서 아이를 맡길 곳이 마땅치 않아 심적으로 힘들었다. 당시 시댁도 여의치 않았고 2년 전 1차 뇌종양 재발 수술 시 우리 애 둘을 봐주셨던 친정어머니도 일을 시작한 뒤라 아이를 봐줄 사람이 없었다. 그렇다고 남편이 생계활동을 포기하고 집에 앉아 아이들을 볼 수도 없는 노릇이었다. 치료 일자가 다가오자 가슴은 더욱 답답해졌다. 구청에서 지원하는 아이돌

봄서비스를 이용하려 했지만 우리 환경과 맞지 않아 이용이 어려웠다. 아이에 대한 걱정이 항암치료에 대한 두려움을 앞서기 시작했다. 남편 또한 답답해하기는 마찬가지였다.

처음 수술할 2009년 당시 나는 결혼 3년차였지만 아이가 없었다. 그래서 모든 걱정과 두려움은 오롯이 나에게 맞춰졌다. 2016년 1차 뇌종양 재발 판정을 받았을 때는 상황이 많이 달랐다. 태어나 한 번도 엄마를 떠나본 적 없는 아이들을 떼어 누군가에게 맡기게 된 것이다. 1월의 쌀쌀한 겨울이었다. 그날은 가는 눈발이 바람에 날리고 있었다. 첫째는 5살, 둘째는 17개월을 지나고 있었다. 뇌종양 수술을 위해 친정에 애들을 떼놓고 집으로 올라오는 차 안에서 나는 한참을 울었다. 애들을 친정에 두고 현관문을 닫을 무렵 내 귀에 들린 아이들의 울음소리는 아직도 귓가에 선명하다.

그것으로 끝날 줄 알았던 상황은 두 번째 뇌종양 재발로 이어졌고 이번에는 아이를 맡길 곳조차 없어 어려움을 겪고 있었다. 사실 엄마로서 아이들을 누군가에게 맡기는 일도 쉽지 않지만 아이를 맡아 키우는 사람 입장도 쉽지 않다는 점이 이해가 된다. 물건이나 애완견이 아닌 사람을 맡아 키운다는 것은 신중해야 하는 일이다. 행여 아이가 다친다면, 사고라도 난다면 좋은 취지로 시작한 일이 오히려 좋지 않은 결과로 돌아올 수도 있기 때문이다.

내 상황을 안 동생이 먼저 손을 내밀었다. 당시 동생에게는 아이 셋이 있었기에 미안함에 선뜻 고맙다며 맡기기 쉽지 않았다. 언니를 생각하는 마음과 용기는 고마웠지만 내가 너무 미안했다. 무엇보다 아이 다섯 명을 한 집에서 보살핀다는 것은 보통일이 아니다. 아이 둘을 키우는 데도 하루 종일 정신이 없는데 아이 다섯 명을 씻기고, 식사 준비를 하고, 어린이집 준비물을 챙기고, 잠을 재우는 일까지 육체적으로 정신적으로 힘든 일이다. 하지만 내 입장이 동생의 어려움을 알면서도 거부할 수 있는 상황이 되지 못했다. 결국 동생에게 아이 둘을 맡기고 나는 치료를 위해 병원으로 향했다.

아이 맡길 곳을 찾는 동안 나는 마치 죄인이 된 듯한 느낌을 받았다. 대한민국 현실에 아이를 낳아 키우는 일은 쉽지 않다. 그래서 딩크족(자녀를 갖지 않는 맞벌이 부부)이 많아지고 있는 것은 아닐까 생각도 든다. 아이를 키우다 행여 우리와 같이 돌부리에 걸려 넘어지는 사고라도 당한다면 그 충격과 어려움은 고스란히 아이들에게 전달된다. 대한민국 사회보호망을 논하고 싶지 않지만 적어도 우리 같은 어려움을 겪는 사람들이 앞으로는 없었으면 하는 바람이다.

운동
시작

　나는 개인적으로 운동을 좋아하지 않았다. 아니 싫어했다. 결혼 후 아이 둘을 낳고 몸 컨디션이 예전 같지 않았지만 '어쩔 수 없지.'라는 생각으로 현실을 받아들이며 살았다. 하지만 뇌종양 판정을 받은 이후에는 살기 위한 운동을 해야만 했다. 의사선생님께서 말씀하시길 내가 치료를 받기 위한 최상의 몸 컨디션을 위해서는, 첫 번째 잘 먹어야 하고 두 번째는 규칙적인 운동이라고 말씀하셨다. 그래서 환자 당사자인 내가 할 수 있는 모든 것을 한다는 생각으로 잘 먹는 것은 물론 규칙적인 운동까지 함께 시작하게 되었다.

전문 트레이너들은 생각날 때 하는 불규칙적인 운동이 아니라 규칙적인 운동을 강조한다. 운동은 자신이 할 수 있는 운동이어야 하고 매일 할 수 있어야 한다. 하지만 몸에 큰 무리가 간다면 오히려 아니함만 못한 운동이다. 뇌종양 재발 이후 내가 할 수 있는 운동은 걷기와 등산이었다. 헬스, 골프, 마라톤과 같은 운동도 좋지만 많은 에너지를 소모해야 하는 운동은 나와 맞지 않았다. 나는 등산을 선택하고 청계산을 오르기 시작했다. 평소 '산은 바라보는 것이지 오르는 게 아니다.'라는 생각으로 살아온 나에게는 청계산 끝자락에 오르기도 쉽지 않았다. 시간이 흐르며 복장과 신발도 조금씩 보완하고 나름의 페이스도 생겼다. 지금은 매일 새벽 5시에 일어나 산에 오르는 것이 일상이 되었다. 이제는 운동을 하지 않으면 하루가 왠지 허전하다. 환자라면 자신에게 적당한 강도의 운동을 시작하면 된다.

"암에 걸리지 않은 사람들은 날씬한 몸을 유지하고 건강을 유지하기 위해 달리거나 구기종목 등 격렬한 운동을 할 수 있다. 하지만 수술 후 한 달 이내거나 방사선치료, 항암제 치료 등을 하는 중에 있는 사람들은 30분에서 1시간 정도 가벼운 산책 이상의 운동은 하지 않는 것이 좋다."[3]

건강이 악화되어 어쩔 수 없이 시작한 운동으로 완치 후에도 꾸준히 운동을 이어가는 사람이 많다. 내 주위에도 한 분 계신다. 친척 중 갑

---

3   임채홍, 《항암 밥상의 힘》, 중앙생활사, 2016, p. 115.

자기 쓰러져 병원에서 사경을 헤매시다 깨어난 후 운동을 시작하신 분이 계신다. 당시 그분께서 선택했던 운동은 마라톤이었다. 처음에는 건강을 위해 어쩔 수 없이 시작한 운동이 이제는 부부가 함께 전국 마라톤대회에서 상위권 순위에 들 정도로 건강과 활력을 찾으셨다. 식당을 운영하시는 친척 분은 쉬는 날에 맞춰 전국 각지에서 열리는 마라톤 대회에 참가하고 계신다. 건강 악화로 시작한 운동이 이제 두 분에게는 훌륭한 취미생활이자 건강관리 비법으로 자리를 잡았다.

'운동'과 싸우는 현대인이 많다. 머리로 운동을 해야겠다는 각오를 다지지만 몸이 따르지 않아 운동이 어려운 것이다. 규칙적인 운동을 하는 사람들도 운동을 시작하게 된 계기는 모두 다르지만 중요한 사실은 현재 꾸준히 운동을 하고 있다는 사실이다. 미래를 위한 대비이자 활력 넘치는 오늘을 위한 최고의 노하우는 바로 운동이다. 이 글을 읽는 여러분께도 규칙적인 운동을 적극 권하고 싶다. 나처럼 어쩔 수 없는 상황이 되어 운동을 시작하는 것보다 자발적인 의지로 운동에 첫발을 딛기 바란다.

환자는
죄인이 아니다

투병기간이 길어지며 많은 사람에게 의도치 않은 피해를 끼치고 있다. 죄인이 되어 가는 느낌이다. 정작 피해자는 아무것도 하지 않았음에도 갑자기 찾아온 불청객과 싸우고 있는 나인 듯했지만 조금씩 죄인이 되는 느낌을 받는다. 아이들을 돌보며 내 병간호로 힘들어하는 남편, 하루도 맘이 편치 않으셨을 우리 부모님, 아이 셋을 키우며 우리 아이들까지 맡아 돌봐 준 동생, 엄마의 입원으로 여러 사람에게 길러진 우리 아이들, 본의 아니게 여러 사람에게 영향을 미치고 있었다. 옆에서 함께 어려움을 이겨낼 수 있도록 도와준 고마운 사람들이지만 미안한 마음도 크다.

가끔은 억울함에 아무런 이유 없이 눈물이 흐른다. '내가 무슨 잘못을 했기에 이런 고통을 받아야 하지?', '수많은 사람 중에 왜 하필 나인 거지?', '내게는 왜 평범한 삶이 허락되지 않는 거야.' 이런 생각을 떠올리면 나도 모르게 눈물이 흐른다. 주기적인 고통이 찾아올 때면 이런 생각은 더욱 나를 힘들게 한다.

〈법륜스님의 즉문즉설〉 팟캐스트를 들었다. 질문자가 질문을 한다. 애 아버지의 오랜 투병으로 어머니를 힘들게 해 자녀들이 아버지를 미워하는 마음이 크다는 요지였다. 이 질문에 법륜스님은 이렇게 답하셨다.

'아픈 것은 죄를 지어서도 아니고 나쁜 사람이라 벌 받는 것도 아닙니다. 그저 아픈 것은 아픈 것일 뿐입니다.'

그렇다. 어느 날 갑자기 누군가 교통사고로 세상을 떠난다면 그 사람의 죄로 천벌이 내려진 것이 아니라 그저 교통사고를 당한 것이다. 단지 그것뿐이다. 다른 의미를 부여할 필요는 없다.

나는 가끔씩 스스로에게 이렇게 되뇐다. '아픈 사람은 죄인이 아니다. 단지 아픈 사람일 뿐이다. 다른 의미를 부여하지는 말자.'라고. 그러면 마음이 조금 가벼워진다. 물론 이렇게 생각한다고 해서 발병 원인조차 모르는 뇌종양과 싸우는 나의 억울한 마음이 모두 가시지는 않는다. 하지만 굳이 부정적인 생각으로 나를 더 힘들게 할 필요는 없다고 생각한다.

걷다가 날씨가 추워지면 옷을 하나 더 입으며 상황을 극복한다. 걷다가 더워지면 입었던 옷을 벗으면 된다. 굳이 내가 통제할 수 없는 날씨를 탓하며 변화하는 날씨에 상처받을 필요는 없다. 자연스럽게 찾아온 변화라면 받아들이고 그 변화에 적절히 맞춰 살아가는 사람이 현명한 사람이다.

투병중인 사람들, 그리고 그들과 고통을 함께하는 주위 가족 분들, 현재 어려움이 크겠지만 굳이 원인을 찾지 말라고 말씀드리고 싶다. 이미 찾아온 병이라면 지혜롭게 이겨내는 것이 우리의 일이고 그것이 최선이다. 아픈 사람도 보살피는 사람도 우리 모두 죄인이 아닌 행복할 권리를 가진 소중한 사람들임을 잊지 말자.

5

암에 대한
현명한 대처법

아픈 부모의
자녀양육법

투병생활이 힘든 이유 중 하나는 어린 자녀의 양육 문제이다. 부모가 아무리 열악한 환경에 처하더라도 자녀에게는 그 피해나 영향이 가지 않았으면 하는 것이 모든 부모의 바람이다. 중·고등학생이라면 자기 일은 스스로 할 수 있다. 초등학생이라면 기본적인 생활을 스스로 할 수 있다. 물론 부모가 옆에서 함께해 주는 것이 가장 이상적이다. 하지만 영·유아나 미취학 아동이라면 얘기가 달라진다. 아침에 일어나서부터 저녁 잠자리에 들기까지 모든 것에 신경을 써야 한다. 부모의 말 한마디 행동 하나에도 큰 영향을 받기 때문이다. 어릴 적 받은 충격과 공포는 아이의 인생 전반에 영향을 미친다.

첫 수술 당시 내게는 자녀가 없었지만 1차 뇌종양 재발로 수술대 위에 오를 때는 42개월 딸과 17개월 아들이 있었다. 어떻게 하면 나와 같은 환경에서도 아이들을 잘 양육할 수 있을까 많은 고민을 했다. 지인, 친구, 전문가, 온라인 동호회 등 아픈 부모의 자녀양육법에 대한 정보를 얻기 위해 많은 노력을 했지만 찾기가 어려웠다. 대부분의 자녀양육법은 건강한 부모에 한해 말하고 있었다.

그러던 중 우연히 책 한 권을 접하게 되었다. 하버드대 의과대학 교수(정신과학 교실)로 재직 중인 라우치 교수의 책이었다. 책 제목은 《부모가 아플 때 자녀교육법》이다. 아픈 부모의 자녀양육법에 대해 자녀의 연령별로 자세하게 설명하고 있다. 갓난아이 시절 양육법, 미취학 아동에 대한 양육법, 아이의 정신적 충격을 완화시키는 방법, 아이의 질문에 올바로 대답하는 방법, 자녀의 학교생활 대응법 등을 다루고 있다. 아픈 부모가 있는 자녀라면 거기에 맞는 양육방법이 필요하다. 책은 여기에 대해 많은 정보를 담고 있다.

"취학 전 아동들은 일어나는 모든 것들에 이유가 있고 결코 우연이나 행운에 의해 발생하지 않는다(연관 논리)고 믿으며 발생 이유는 대개 자신들의 관점에서 발생해야 한다(자기 중심사고). 그 결과 여러분이 심각한 병으로 인해 진료를 받을 때 여러분의 어린아이는 자신이 병의 원인이라고 믿을 가능성이 있다."[4]

---

4   파울라 K. 라우치 M.D., 김의정 역, 《부모가 아플 때 자녀교육법》, 조윤커뮤니케이션, 2008, p.49.

나는 이 글을 읽으며 많이 놀랐다. 취학 전 아동들은 자기중심사고와 함께 연관 논리가 작용해 부모의 병이 자신으로 인해 발생한 것이라 생각한다는 말이었다. 엄마가 아픈 이유를 자신에게서 찾는다는 말에 놀라지 않을 수 없었다. 마치 아이의 썩은 이가 사탕을 먹은 후 닦지 않고 잠자리에 든 자신에게 있다고 생각하는 것처럼 엄마의 병이 자신이 엄마의 말을 잘 듣지 않아 발생한 것이라 생각한다는 것이다. 만약 아픈 부모가 어린 자녀를 양육해야 하는 상황이라면 이 책을 읽어 보길 추천한다.

국가지원정책도 반드시 알아보라고 말하고 싶다. 주민센터나 구청을 찾아가 자신의 상황을 설명하고 지원받을 수 있는 항목이 있다면 지원받길 추천한다. 나 또한 적극적으로 알아보고 전문가와 상담 받으며 위기를 극복하고 있다. 환자는 병을 이겨내는 것 자체만으로도 쉽지 않은 길을 걸어야 한다. 여기에 자녀양육이나 경제적 문제까지 겹친다면 상황은 감당하기 힘들어진다. 혼자 이겨낼 생각만 하다 보면 그 피해는 고스란히 사랑하는 자녀에게 갈 수밖에 없음을 잊어서는 안 된다.

슬기로운
병원생활

    최근 1년의 절반은 병원에서 생활한 것 같다. 지금도 입원과 퇴원을 반복하고 있다. 병원에서 오랜 시간을 보내다 보니 병원 생활을 어떻게 하면 슬기롭게 할 수 있는지 나름의 요령을 터득했다. 환자들과 그의 가족들이 모인 온라인 카페를 들어가 보면 첫 입원일자를 잡아두고 공포에 떨고 있는 환자를 종종 만날 수 있다. 또 병실에 있으면 치료를 위해 입원하는 환자와 가족들을 수시로 만난다. 그들은 많이 경직되어 있다. 이렇게 처음 병실생활을 시작하는 사람들이나 병원에서 의욕 없이 하루하루 보내는 사람들에게 내가 깨달은 병원생활 요령 중 세 가지만 소개하려고 한다.

첫 번째는 병원의 강연프로그램을 적극 활용하라고 권하고 싶다. 내가 다니는 강남세브란스병원에는 다양한 프로그램이 있다. 날짜별 요일별로 각 분야의 전문가 분들을 모셔 강연을 진행한다. 의사선생님의 암 예방 강연, 정신건강의학과 교수의 스트레스관리 강연, 전문영양사의 영양관리 강연, 방사선종양학과 교수의 방사선치료 강연, 사회사업팀의 복지정보 강연 등 해당 분야 전문가의 얘기를 들을 수 있고 질문할 수 있는 시간이다. 그 외에도 웃음치료 강연, 오카리나 강연, 미술심리치료사의 미술심리치료 강연, 목사님의 영적치유 강연 등등 종류별로 다양하다.

제목만으로도 호기심을 자극하는 강연도 있다. 대부분의 환자는 이런 프로그램을 모르고 지나치거나 활용하지 않는다. 내가 있는 병원에 상시 입원환자만 해도 1천 명은 족히 넘을 것이다. 하지만 강연장에 참석한 사람은 많아야 20명 내외다. 그만큼 대부분의 사람들이 관심을 두지 않고 있다. 내가 앓고 있는 병이 어떤 대상인지 조금씩 알아갈 때 이길 용기가 생긴다. 무조건 병원에서 시키는 대로 따르고 행동할 것이 아니라 적극적으로 알아가는 노력은 환자에게 큰 도움이 된다.

아는 만큼 활용할 수 있다. 움직이는 데 큰 어려움이 없는 환자라면 스스로 찾아가 강연에 참석해도 좋고, 혼자 움직이기 어렵다면 보호자와 함께 강연을 참석해도 좋다. 하지만 아쉽게도 이런 강연 프로그램이 모든 병원에 준비되어 있는 것은 아니다. 이런 프로그램이 준비된

병원도, 그렇지 않은 병원도 있을 것이다. 반드시 이와 동일한 강연이 아니라도 병원에서 환자를 위해 마련한 프로그램이 있다면 적극적으로 알아보고 도움받기 바란다.

두 번째는 환자만의 '소확행(小確幸)'이 필요하다. 소확행은 '작지만 확실한 행복'을 뜻하는 단어다. 서울대학교 소비자학과 김난도 교수와 그의 팀이 출간한 《트렌드코리아 2018》에서 소개되며 사람들에게 알려졌다. 최근 큰 대업을 이뤄 행복을 얻기보다, 일상에서 작지만 확실한 행복을 찾는 사람이 많아졌다는 것이다. 예를 들어 작은 인형 뽑기에 도전해 성공하는 것처럼 작지만 확실한 행복을 추구한다는 의미다. 나는 환자만의 소확행이 필요하다고 생각한다. 작은 행복감이나 성취감마저 없으면 병원생활이 너무 힘들게 느껴질 것이다.

나는 규칙적인 운동을 나만의 소확행으로 삼았다. 운동을 마치고 나면 하루 일과를 끝낸 기분도 들고 성취감도 있다. 물론 보통 사람이 생각하는 아령이나 역기를 들거나 무리하게 몸을 움직이는 에어로빅과 같은 운동은 하지 못한다. 맨손으로 할 수 있는 운동이나 병원 복도와 공원을 걷는 등의 운동이다. 몸 컨디션이 좋지 않은 날은 굳이 무리할 필요는 없다. 상황이 허락하는 한에서 하면 된다.

이렇게 작은 운동이 규칙적으로 반복되면 나도 모르는 사이 사람들이 나를 알아보기 시작하고 응원하는 사람도 생긴다. 모르는 환자분이 다가와 매일 운동하는 모습이 보기 좋다는 말을 건네기도 하고, 오며 가며 의사선생님을 만나면 '운동하세요?' 하며 눈인사하시는 분들도 생긴다. 하루는 이런 내 모습에 한 환자가 조심히 다가와 인사를 하며 대화를 걸어왔다. 평소 복도에서 운동하는 모습을 자주 봐 와서 말을 걸어보고 싶었다는 것이었다. 그분은 나로 인해 긍정적인 에너지를 공유하고, 나는 나를 응원하는 사람 한 명이 늘어났다. 반가운 일이 아닐 수 없다.

세 번째는 내 마음을 표현하는 글쓰기다. 내가 지금 쓰고 있는 이 책도 글쓰기의 결과물이다. 글쓰기는 대단한 것이 아니다. 그저 내 생각을 친구에게 말하듯 글로 옮기면 된다. 어휘력이 부족하다면 나만의 어휘로, 문장이 떠오르지 않는다면 말하듯 쓰면 된다. 어렵게 생각할 필요 없다. 내 속에 있는 생각과 마음을 글로 표현하는 것이다. 이런 글쓰기 자체만으로도 심리적 치유 효과가 발생한다. 미국 텍사스대학교(University Of Texas)의 심리학과 교수로 재직 중인 제임스 W. 페니베이커(James W. Pennebaker) 교수는 그의 저서에서 다음과 같이 말하고 있다.

"1980년 중반 이후 치료를 위한 표현적 글쓰기의 가치에 대한 연구가 증가하기 시작하였다. 그 결과 적어도 3~4일 동안 계속해서 하루 15분 내지 20분간 심리적 외상의 경험에 대해 글로 써서 표현하는 행위가 육체적, 정신적 건강에 현저한 변화를 일으켰다는 증거는 갈수록 증가했다. 또한, 감정적 글쓰기는 사람들의 수면 습관, 일의 효율, 그리고 대인관계의 방법에도 변화를 가져올 수 있다. (역주: 감정적 글쓰기(emotional writing)는 표현적 글쓰기(expressive writing)와 같이 자신의 감정을 표출하기 위한 '감정표현 글쓰기'를 말한다.)"⁵

이렇게 표현적 글쓰기는 정신적 육체적으로 큰 도움이 된다. 내게 무엇에 대해 써야 하느냐 묻는다면 그저 머릿속에 떠오르는 생각을 글로 표현하라고 말하고 싶다. 한발 더 나간다면 테마를 정해 글을 쓰면 된다. 조금 더 발전시킨다면 이 글은 자연스럽게 나의 스토리가 되어 자서전이 될 수 있다. 물론 자서전은 한 권의 책으로써 구상과 기획단계가 필요하지만 테마 형식으로 쓴 글은 자서전의 꼭지원고(작은 소제목)로 활용할 수 있다.

투병생활을 힘들게만 여긴다면 한없이 힘들다. 환자들도 오늘 하루 행복할 권리가 있는 사람인데 그렇게 살 필요 없다. 어차피 피할 수 없는 투병생활이라면 조금이라도 슬기롭게 헤쳐 갈 나만의 비법을 찾아보자.

---

5   제임스 W. 페니베이커, PH. D, 이봉희 역, 《글쓰기 치료》, 학지사, 2007, pp. 21~22.

배우자가
아플 때

남편은 내게 큰 버팀목 중 하나다. 만약 내가 완치된다면 행복한 가정의 울타리에 함께할 사람이며 행여 내가 먼저 하늘의 부름을 받는다면 사랑하는 우리 두 아이를 책임질 소중한 사람이다. 남편은 내 투병 생활에도 큰 힘이 되어 주었다. 내 병이 나을 수 있는 길이 있다면 무엇이든 시도하기 위해 적극적으로 나섰다. 그런 남편의 행동에 나는 늘 고맙고 큰 힘을 받고 있다. 환자로서 남편에게 고마웠던 점 몇 가지를 생각해 보았다.

첫 번째는 치료의 희망을 잃지 않게 하기 위해 애썼다. 최고의 의료

진이 최신의 기술로 치료에 임해도 환자가 치료에 대한 희망을 잃는다면 그 병은 매우 치료하기 힘들어진다. 그는 내가 희망을 포기하지 않도록 늘 노력했다. 힘든 병을 이겨내고 행복한 가정으로 복귀한 사례나 인물을 말해 주기도 했다. 또 책에 좋은 문구를 발견하면 내게 읽어 주었고 인터넷에 좋은 강연이 있다면 서로 공유했다. 남편의 이런 행동은 내가 희망의 끈을 놓지 않게 하기 위한 노력이 아닐까 생각된다.

두 번째는 가족의 소중함을 잊지 않도록 노력했다. 어린아이들은 누워 있는 부모를 이해하지 못할 때가 많다. 예를 들어 엄마가 아파 누워 있어도 아이들은 장난을 치고 함께 놀아주길 원한다. 놀아주지 못하면 엄마와의 놀이에 조금씩 재미를 잃어 간다. 남편은 이런 상황을 의식해 아이들이 어린이집에 다녀오면 누가 먼저 엄마에게 안기고 볼에 뽀뽀하는지 시합을 하기도 하고, 내가 걸을 수 있을 정도의 상태라면 아이들과 함께 손잡고 공원을 거닐기도 했다. 내 옆에 가족이 늘 함께하고 있음을 잊지 않게 하기 위해 애썼다.

세 번째는 투병생활을 환기시키기 위해 여행을 계획했다. 2018년 5월, 2차 재발로 인한 항암치료에 지쳐갈 무렵 남편은 제주도 가족 여행을 계획했다. 우리가 여행을 다닐 만큼 한가하고 여유 있는 환경은 아니었지만 우리 가족에게도 치료에 지쳤을 나에게도 힘이 될 만한 이벤트를 계획한 것이다. 나는 항암치료에 지친 몸으로 여행갈 수 있을지 의문이 들었고 여행지에서 갑자기 아프면 어쩌지 하는 걱정도 되었다. 의사선생님께 상황을 설명하니 비행기를 타도 좋다는 말씀과 함께 비상약을 처방해 주셨다. 그렇게 우리 가족은 처음으로 제주도 여행을 다녀왔다.

네 번째는 의미 있는 하루가 될 수 있도록 늘 격려했다. 비록 아픈 몸이지만 하루의 의미를 찾도록 도왔다. 처음 글을 써보라고 한 것도 남편이 내게 제안하면서 시작된 것이었다. 글을 쓰며 내 자신을 다시 한 번 돌아보게 되었고 걸어온 삶을 되짚어보는 소중한 기회로 작용했다. 이렇게 책을 출간하게 된 것도 남편의 도움과 격려가 포기하지 않도록 힘이 되어 주었기 때문이다.

이 외에도 남편의 고마움은 많지만 부족한 글쓰기 실력으로 모두 표현하기에 부족함을 느낀다. 아프리카 속담에 '빨리 가려면 혼자서 가고, 멀리 가려면 함께 가라.'라는 말이 있다. 가족은 함께 멀리 가는 동반자다. 누구나 아플 수 있다. 만약 나의 배우자가 아픈 상황에 빠진다면 늘 함께한다는 생각으로 위기를 극복했으면 한다.

아픈 가족을 위해
할 일

　가족구성원이 큰 병으로 투병생활을 하고 있다면 그것은 한 개인의 문제가 아니다. 가족의 도움이 없다면 병을 이겨내기 쉽지 않다. 행여 가정에서 누군가가 '왜 건강관리를 잘 못해서 아프고 그래.'라는 시선 으로 바라본다면 투병중인 환자는 더욱 큰 어려움과 아픔에 직면하게 될 것이다. 환자는 가족의 말 하나, 행동 하나에 큰 상처를 받을 수 있 다. 아픈 이에게 든든한 지원군이 되어 주기 위해 가족들은 어떤 노력 이 필요한지 말해 주고 싶다.

　첫 번째는 기도이다. 함께 기도하는 마음을 가져야 한다. 종교를 말하고자 함이 아니다. 종교가 있는 가정이라면 평소와 같이 기도하면 된다. 기독교를 믿는 집이라면 하나님께, 불교를 믿는 집이라면 부처님께 기도하면 된다. 종교가 없어도 좋다. 아픈 가족이 쾌유하길 바라는 간절한 마음이 중요하다. 어머니의 자녀를 향한 기도의 힘은 종종 현실에서 접할 수 있다. 2018 아시안게임 2연패를 달성한 펜싱선수 전희숙은 인터뷰에서 "어머니가 항상 뒤에서 기도하고 계시는데 너무 감사드린다."라며 어머니께 감사를 표했다. 가족 모두가 기도하는 마음으로 임한다면 환자에게는 큰 힘이 된다.

두 번째는 공감하는 마음이다. 힘들고 지칠 때 "힘내라."라는 말처럼 성의 없는 말도 없다. 그저 아픔을 이해하고 공감해 주면 된다. 때론 백 마디의 격려보다 함께 흘려주는 눈물 한 방울이 더 큰 힘을 발휘할 때가 있다. 한 번은 대학교에서 알게 된 오빠 내외가 병문안을 왔다. 그들은 병원 침대에 누워 있는 나에게 특별한 말을 하지 않았다. 그저 잘 될 거라며 내 손을 꼭 잡았다. 억지미소를 짓는 눈에선 조용히 눈물이 흘렀다. 내 눈에서도 눈물이 흘렀다. 지금도 그날의 기억이 생생하다. 함께 공감하고 아파해 주는 상대의 마음을 느꼈기 때문은 아닐까.

세 번째는 아픈 가족과의 전화통화이다. 병원에 입원해 있는 가족이라면 환자와 보호자 모두 힘든 상황이다. 병원에만 있다 보면 자신의 처지를 비관하는 일도 있고 다른 사람처럼 건강히 살아가지 못하는 자신이 원망스러울 때도 있다. 이때 자연스럽게 전화통화로 일상의 대화를 나누다 보면 부정적인 생각은 잊힌다. 특별한 요령이 필요한 것이 아니다. 그저 오늘 무슨 일이 있었는지 일상의 대화를 나누는 것이 전부다. 만약 부모님께서 입원해 계시다면 하루 중에 있었던 사소한 에피소드 하나에도 기뻐할 것이다. 어릴 적 외할머니께서 전화해 어린 손자 손녀 목소리 한번 듣고 나면 힘이 난다고 말씀하시듯 힘든 환경에선 작은 전화 한 통이 환자에게 큰 힘이 된다.

네 번째는 함께하는 운동이다. 건강한 사람에게는 운동이 선택사항일 수 있다. 하지만 환자는 그렇지 않다. 체력이 떨어지면 치료계획에도 차질이 생긴다. 짧은 치료로 완치되는 병이라면 치료 후 건강히 자연스럽게 회복되겠지만 항암치료와 같은 장기적인 치료는 체력이 뒷받침해 주지 못한다면 치료를 이어가기 힘들어진다. 의사선생님도 환자의 상태를 계속 점검하며 치료를 시도하기 때문이다. 이런 이유로 환자는 치료를 위해서도 체력증진을 위한 운동이 필요하다. 물론 환자에게 맞는 운동을 의미한다. 걷기, 산책, 맨손체조 등의 가벼운 운동부터 등산, 달리기 같은 운동이 해당된다. 아픈 가족과 함께 이런 운동에 동참하는 것이다. 나는 운동을 싫어하는 사람이었다. 하지만 항암치료에 들어가며 운동을 시작하게 되었다. 당시 내 여동생은 운동에 함께 동참해 주었다. 공원을 가볍게 걷는 것부터 뒷산에 오르기까지, 내가 운동을 포기하지 않도록 옆에서 도왔다. 그때 운동을 시작으로 나는 지금도 꾸준히 운동을 이어가고 있다.

5. 암에 대한 현명한 대처법

마지막 다섯 번째는 진심어린 말 한마디다. '말 한마디가 천 냥 빚을 갚는다'는 속담처럼 때론 말 한마디가 사람에게 큰 힘이 된다. 반면 '칼에 베인 상처는 사라지지만, 말에 베인 상처는 지워지지 않는다'는 말처럼 실의에 빠트리기도 한다. 특히 환자에게는 힘이 되는 말 한마디가 절실하다. 내가 병원에 입원했을 때의 일이다. 남편이 병원에 친구를 데려왔다. 그 친구는 결혼 전 함께 만나 안면이 있는 친구였다. 그는 내가 입원하며 아이들이 걱정된다고 말하자 "진희 씨, 걱정하지 마세요! 제가 다 키워 줄게요!"라며 자신 있게 말했다. 아직 결혼도 하지 않은 총각의 자신감 있는 말에 너무 웃겨 우리는 한참을 웃었다. 농담이라도 그렇게 말해 줄 수 있는 사람이 있다는 게 기쁘고 감사했다. 이렇게 사소한 말 한마디가 환자에게는 힘이 될 수도 있다. 특히 가족의 말에 환자는 큰 상처를 받기도, 큰 힘을 받을 수도 있다는 사실을 명심하자.

이 외에도 가족의 역할은 많다. 모두 나열할 수 없음이 아쉽지만 환자마다 필요한 사항이 조금씩 다를 수 있다고 생각한다. 역경을 이겨내기 위해서는 함께 가족의 역할에 대해 고민하는 시간을 가져야 한다.

6

병원에서
만난 사람들

홍창기
의사선생님

2009년 9월, 회사에서 정신을 잃고 쓰러진 나는 회사에서 가장 가까운 강남세브란스병원 응급실로 이송되었다. 응급조치를 마친 후 일반 병실로 옮겨졌고 몇 시간이 지나 정신을 차렸다. 환자가 되어 처음 만난 의사선생님은 강남세브란스병원 신경외과전문의 홍창기 선생님이셨다.

나는 입원한 지 불과 열흘 만에 수술을 했고 성공적으로 수술을 마쳤다. 이후 방사선치료와 항암치료를 받은 후 퇴원을 할 수 있었다. 환자복이 불편했던 나에게 담당 의사선생님의 한마디는 나를 울고 웃게

했다. 수술 결과부터 향후 치료계획까지 내 가까운 미래를 결정하는 가장 결정적인 정보였기에 한마디 한마디에 귀를 기울일 수밖에 없었다. 물론 선생님께서는 좋은 말씀만 해 주신 것은 아니다. 환자에겐 청천벽력 같은, 받아들이기 어려운 말씀도 하셨다. 하지만 같은 말, 같은 의미라도 나를 담당했던 홍창기 선생님은 진심을 전달하는 분이셨다. 진심으로 나를 위해 하시는 말씀이라는 것이 느껴졌다. 비록 평범한 사람들은 겪지 않아도 되는 일을 겪고 있다는 사실이 힘들었지만, 적어도 내가 홍창기 선생님을 담당 선생님으로 맞을 수 있었던 것은 행운이 아니었을까 생각된다.

인터넷 커뮤니티에 뇌종양으로 투병중인 환자와 가족이 모여 서로의 경험을 공유하는 공간이 있다. 하루는 카페에 새로 등록된 글을 읽던 중 홍창기 선생님에 대해 다른 환자분이 올린 글을 보게 되었다. '홍창기 선생님 얼굴만 봐도 힘이 나네요.'라는 문구가 눈에 들어왔다. 홍창기 선생님께서 환자를 대할 때의 진심은 나만 느끼는 것이 아님을 알 수 있었다. 나는 뒤늦게 커뮤니티에 가입했지만 이미 많은 사람들에게 홍창기 선생님은 친절한 의사선생님으로 통하고 있었다.

환자들은 의사의 한마디에 울기도 웃기도 한다. 환자의 아픔을 더욱 크게 하는 요소가 있다. 그것은 의사가 환자를 사람으로 대하지 않는 태도이다. 스쳐 지나가며 길을 묻는 사람에게 대답하듯 퉁명스러운 말투로 환자에게 치료에 관한 얘기를 늘어놓는다면 환자는 치료에 대한 공포가 더욱 커지고 무섭게 다가올 수밖에 없다.

　환자는 자신의 병에 국한된 정보를 습득하지만 의사는 내 병과 비슷한 환자를 수없이 만나왔고 관련 질병에 대한 정보도 많다. 병의 진행 상황이나 정도에 따라 처방은 큰 틀에서 정해져 있다고 생각된다. 그것을 어떻게 전달하느냐가 진정한 의사의 능력이 아닐까. 명의는 세상에 없는 특별한 의학기술을 발휘하는 사람이 아니다. 아이를 진료하는 소아과 명의의 기본자질은 의료기술 이전에 아이를 누구보다 사랑하는 마음을 가진 한 인간에서 시작한다. 환자의 입장에서 공감해 주고 함께 아파해 주는 마음을 가진 의사가 환자가 꼽는 최고의 명의일 것이다. 적어도 홍창기 선생님이 환자를 대하며 전달하는 말과 어투에는 진정성이 느껴진다.

　이 책을 통해 홍창기 선생님께 다시 한 번 감사의 마음을 표합니다. 감사합니다. 선생님.

언니의
사망 소식

1차 뇌종양 판정을 받은 후 2016년 1월 두 번째 수술을 했다. 수술 후 신경외과 중환자실에서 며칠 머물다 일반병실로 옮겨졌다. 나 외에도 여러 환자들이 침대에 누워 있었다. 병세가 좋지 않은 환자도 있었고 스스로 거동하며 산책을 다닐 정도로 괜찮아 보이는 환자도 있었다. 일반병실로 옮겨져 조금씩 회복하기 시작하자 같은 병실을 사용하는 환자들과 짧은 대화를 나누기도 했다.

보통 환자와 보호자는 몇 가지 관계 안에 대부분이 포함된다. 자녀를 돌보는 부모, 부모를 돌보는 자녀, 배우자를 돌보는 아내 혹은 남편, 환자를 돌보는 간병인 이 정도를 크게 벗어나지 않는다. 그런데 내 침대 맞은편에 누워 있는 여자 환자는 둘의 관계를 예측하기 어려웠다. 40대 초반의 젊은 여자 분이 투병 중이었고, 또 다른 40대 초반의 여자 분이 병간호를 하고 있었다. 그 둘의 관계가 궁금했다.

같은 병실, 거기다 나와 맞은편 침대에 누워 있으니 오며가며 자연스럽게 인사를 나누고 조금씩 얘기도 했다. 그 둘은 언니가 뇌종양으로 투병하자 아래 여동생이 병간호를 하게 된 것이었다. 병실의 연세가 많은 환자들 사이에서 우리 둘은 젊은 편에 속해 얘기를 자주 나눴고 대화도 잘 통했다. 강남세브란스병원 한 곳에서 줄곧 치료를 받아온 나와 다르게 그 언니는 큰 병원을 여러 번 바꿔가며 치료를 하고 있었다. 수술 후 치료를 위해 한 달 가까이 입원해 있는 동안 우리는 많이 친해졌고 퇴원하는 날이 되어 전화번호도 교환했다.

퇴원 후 나는 일상으로 복귀했다. 아이들을 돌보며 평소 건강을 되찾기 위해 힘썼고 병원에서 알게 된 분들과는 거의 연락을 하지 못하고 지냈다. 그렇게 1년여의 시간이 흘렀다. 하루는 그 언니가 어떻게 지내는지 문득 궁금했다. 그래서 안부도 물어볼 겸 전화를 걸기 위해 전화번호를 뒤졌다. 하지만 언니 이름이 기억나지 않아 찾을 수가 없었다. 한참을 생각한 끝에 전화번호를 찾아 통화버튼을 눌렀다.

그런데 언니가 아닌 낯선 여자 분의 목소리가 전화기 너머로 들렸다. 그래서 언니 전화번호가 아니냐는 나의 물음에, 그분은 얼마 전에 언니가 사망하셨다는 소식을 내게 전했다. 충격이었다. 병실에서 우리가 대화를 나눴을 때만 해도 상태가 그리 나빠 보이지 않았기 때문이다. 가끔 휠체어를 이용하기도 했지만 혼자 걸어 다니는 횟수가 더 많았다. 대화 또한 어려움 없이 소통이 될 정도였으니 언니가 사망했다는 소식에 놀라지 않을 수 없었다.

그 전화를 끊고 아무 생각이 나지 않았다. 그저 멍하니 자리에 앉아 있었다. 남편도 병간호 당시 함께 봐온 자매였기에 전화를 걸어 언니의 사망 소식을 전했다. 내 말을 들은 남편도 한동안 말을 잇지 못했다. 잠시 후 내 눈에선 눈물이 흘렀다. 언니가 사망했다는 소식에 대한 슬픔과 뇌종양이 무서운 병임을 다시 한 번 실감하는 공포가 더해져 흘러내린 눈물인 것 같았다. 우리 둘은 전화통화를 하며 특별한 격식 없이 언니를 추모했다.

아내를 수술실에 보내고
기다리는 남자

남편은 점잖게 생긴 외모와는 다르게 가끔 사람 흉내를 내며 사람들을 웃긴다. 흉내 내는 대상이 연예인일 수도 대화하는 사람과 서로 아는 지인일 수도 있다. 아마도 점잖게 생긴 사람이 그런 행동을 하기에 더 웃기게 느껴지는 것 같다. 2017년 10월 15일, 이날은 항암치료를 위해 입원한 첫날밤이었다. 나와 남편은 강남세브란스병원 1층 로비에서 마주 앉아 음료를 마시며 앞으로 다가올 미래에 대해 대화를 나누고 있었다. 무거운 주제의 대화가 길어지자 남편은 분위기를 전환할 겸 의사선생님 흉내를 냈고 우리는 깔깔거리며 웃고 있었다.

그러던 중 갑자기 누군가 옆에서 우리에게 말을 걸어왔다. 우리 둘은 놀라 그분을 바라봤다. 순간 남편의 그런 행동이 병원관계자에게 안 좋게 보였구나 하는 생각이 머리를 스쳤다. 대화를 나눠 보니 다행히 그분은 병원관계자가 아니었고, 남편이 흉내 낸 의사선생님께 치료받은 경험이 있는 환자의 보호자였다. 우리는 안도의 숨을 내쉬었고 그분은 자연스럽게 대화에 참여했다.

그분은 강남세브란스병원 로비에 비치된 소파에서 담요를 깔고 잠잘 준비를 하시는 듯 보였다. 이유를 들어보니 이분은 미국에 거주하며 사업을 하는 분이셨다. 몇 년 전 아내와 한국에 잠시 입국했다가 미국으로 다시 돌아가기 전 건강검진을 받는 과정에서 아내분이 대장암 판정을 받게 되었다고 하셨다. 그래서 몇 차례 수술과 치료를 반복하고 계셨고 그날도 아내 분은 수술 후 중환자실로 옮겨진 상황이었다. 대화를 하는 중에도 그분의 아내에 대한 사랑이 느껴지는 듯했다. 아내를 살릴 수 있는 방법이 있다면 전 세계 어디든 가리지 않고 달려가 치료를 의뢰했고 새로운 치료법이 있다면 적극적으로 알아보고 방법에 대해서 논의하고 있었다. 치료를 위해 할 수 있는 모든 것을 시도하고 계셨다.

그분과 대화를 나눈 후 주위를 둘러보니 로비 소파를 침대 삼아 잠을 청하는 몇몇 분이 눈에 들어왔다. 강남세브란스병원은 수술실에서 수술중이거나 중환자실에 입원한 환자의 보호자는 대기할 장소가 없다.

보통 환자는 수술실에서 나온 후 중환자실로 이송되기 때문에 기존에 머물렀던 병실에서는 자동 퇴실처리가 된다. 그래서 수술실이나 중환자실에 있는 환자의 보호자는 병원 로비에서 밤을 지내는 경우가 많다. 인천국제공항에 가면 캡슐호텔이란 이름으로 비행기 출발시각이 많이 남은 고객들을 위해 적절한 비용으로 숙소를 제공한다. 병원에서도 환경에 맞게 변형시켜 도입하면 어떨까 생각된다. 그분의 아내도 수술 후 중환자실로 옮겨졌고 며칠째 그렇게 로비에서 지내고 계셨다.

시간이 지나 중환자실에서 일반병실로 옮겨진 아내분과도 인사를 나눴다. 비록 오랜 투병생활로 많이 야윈 몸이었지만 풍기는 이미지가 보통의 아주머니 같지 않았다. 인상이 좋으셨고 창백했음에도 밝아 보였다. 허리를 곧게 세우고 바로앉아 미소 지으며 가볍게 인사하시던 모습이 아직도 생생하다. 꾸미지 않았음에도 자연스럽게 동화될 것 같았다. 함께 계시는 모습에서 서로에 대한 사랑이 느껴지는 듯했다.

지금은 가끔 병원에서 마주칠 때 친하게 인사할 수 있는 사이가 되었다. 이분을 보면 느끼는 바가 많다. 이혼이 일반화되어 버린 시대, 이런 배우자는 찾아보기 어려운 사람이다. 언론에 남편이 아내를 살해하려 했다는 기사를 본 적이 있다. 또 보험금을 노리고 아내를 살해한 남편도 있었다. 믿기 힘들지만 현재 벌어지고 있는 일들이다. 이런 사회적 환경과 분위기에 이분의 헌신적인 사랑은 더욱 빛을 발하는 듯했다.

유방암이
전이된 언니

병원에서 만난 한 언니가 있었다. 언니 또한 나와 같은 암 환자였다. 우리 둘 다 암 환자라는 공통분모가 있어 통하는 데가 있었는지 친해지기까지 많은 시간이 걸리지 않았다. 아마도 서로의 아픔과 어려움을 잘 이해하고 있었기 때문이 아닐까 생각된다.

그 언니는 유방암 말기 환자였다. 2013년 유방암 판정을 받고 5년째 치료를 이어가고 있던 중 암세포가 뼈로 전이되어 좋지 않은 경과를 맞고 있었다. 하지만 겉으로는 전혀 병의 정도를 가늠할 수 없을 정도의 밝은 표정으로 살아가고 있었다. 여러 해 병과 싸우며 많이 지쳤

으리라 예상되었지만 언니는 지금 살아 있는 게 다행이라며 병이 모두 낫는다면 여행을 떠나고 싶다는 바람을 덧붙였다. 힘든 상황임을 짧은 대화에서도 알 수 있었지만 희망을 잃지 않는 모습이 인상 깊었다. 헤어질 즈음 연락처를 달라고 지긋이 말을 했지만 연락처는 주지 않았다. 이유는 굳이 묻지 않았다. 아마도 내일을 확신할 수 없기 때문은 아닐까 생각되었다. 비록 몸은 비극을 향해 하루하루 가고 있을지 모르지만 마음만은 밝게 원하는 바를 추구하며 행복을 찾던 모습이 기억에 선명하다.

법률스님이 즉문즉설에서 말씀하셨던 것이 생각난다. 다리가 없는 사람도 행복할 권리가 있고, 아픈 사람도 행복할 권리가 있고, 사업에 망한 사람도 행복할 권리가 있고, 이 세상에 존재하는 모든 사람은 행복할 권리를 가지고 있다. 그것을 어떤 마음으로 누리느냐는 그 사람의 몫이라는 말씀이셨다. 이 언니를 보며 다시 한 번 이 말에 동의하게 된다.

지금 살아있으니까 괜찮아

소아뇌종양

뇌종양 2차 재발 판정을 받은 후 얼마 지나지 않아 진료를 위해 강남 세브란스병원 신경외과 홍창기 선생님을 찾았다. 남편과 함께 손을 맞잡고 앞으로 닥칠 미래에 어떻게 대처할지 혼란스러운 마음을 진정시키고 있었다. 신경외과는 병의 특성상 연세가 있으신 분들이 많다. 그래서 진료실 앞 의자에선 나보다 어린 환자를 만나기 어려웠다.

그날도 진료실 앞 의자에 많은 대기 환자들이 이미 자리를 가득 매우고 있었다. 그중 유독 눈에 띄는 한 사람이 있었다. 의자 앞에 6~7세 정도로 보이는 남자 아이가 엄마 주위에서 장난치며 맴돌고 있었다.

그 아이를 보니 집에 있는 딸과 비슷한 또래일 것이라는 생각에 딸아이 생각이 났다. 아이가 엄마 손을 잡고 이리저리 장난치는 모습을 멍하니 바라보고 있었다. 머릿속으로 '엄마가 어디 아프신가?'라는 생각이 들기도 했다. 그렇게 대기시간이 꽤 흘렀다.

진료실 앞에 앉아 대기하고 있으면 간호사 선생님께서 순서에 맞춰 이름을 불러주신다. 잠시 후 간호사 선생님이 진료실에서 나와 다음 환자를 호명했다. "○○○ 환자분, 소아뇌종양 ○○○선생님 진료실로 들어가세요."라고. 순간 망치로 머리를 한 대 맞은 느낌이었다. 아이 엄마의 병으로 신경외과를 찾았을 것이라 생각했던 나는 깜짝 놀랐다. 엄마가 아닌 그 어린아이가 소아뇌종양 환자였던 것이다. 나와 아무 상관없는 아이였지만 많이 속상하고 가슴이 아팠다.

시간이 지나 뇌종양 투병 환자와 가족이 모인 카페를 찾아 내 스토리를 공유했다. 비록 온라인상으로 만난 사람들이었지만 비슷한 상황에 놓인 사람들로 공감대가 쉽게 형성되었다. 카페에는 자신의 뇌종양 발병을 계기로 가입한 사람도 있었고 가족의 뇌종양으로 가입하게 된 사람도 있었다. 그중에는 갓 태어난 소아뇌종양 환자도, 집에 있는 우리 아이들과 비슷한 또래의 아이들도, 초·중·고교생 학생 환자들도 있었다.

살아오며 아픈 사람들에 대해 생각해 본 적이 별로 없었다. 그저 TV

에서 스치듯 소개되는 몇몇 사례가 내가 본 전부였다. 누군가 오늘 주어진 평범한 하루를 값지단 생각 없이 흘려보낼 때 한쪽에선 그 하루를 살기 위해 병과 싸우며 하루하루 발버둥치는 사람들이 늘 존재했던 것이다. 우리에게 이미 식상해진 소포클레스의 말이 떠오른다.

"당신이 헛되이 보낸 오늘은 어제 죽은 사람이 그토록 원했던 내일이다."

언젠가는 우리도 '오늘을 사는 사람'이 아닌 '어제 죽은 사람'이 된다는 사실을 잊어선 안 된다.

너는
내 운명

하루는 병실에 누워 유튜브 동영상을 검색하다 다큐멘터리 하나를 발견했다. 그 영상을 보며 영상 속 주인공과 함께 나도 울었다. 그것은 MBC 휴먼다큐 사랑 〈너는 내 운명〉 편이었다. 유명한 영상으로 이미 많은 사람이 알고 있는 스토리였다. 그 다큐 속 주인공이 했던 말은 같은 '암환자'의 관점에서 본 내게 큰 공감을 하게 했다. 그들의 이야기는 이렇다.

진주교대를 재학 중이던 평범한 여대생 서영란(28) 씨는 우연히 노총각 정창원(37) 씨를 만났다. 학벌 차이, 나이 차이 등을 이유로 영란 씨의 부모님은 두 사람의 교제를 크게 반대하셨다. 부모님의 반대에도 영란 씨는 창원 씨와의 사랑을 키웠다. 하지만 하늘은 그 둘의 사랑을 가만히 두지 않았다. 영란 씨가 간암 말기 시한부 3개월 선고를 받은 것이다. 20대인 자신에게 닥친 현실이 믿기지 않았지만 받아들일 수밖에 없었다. 창원 씨는 남은 생이 길지 않음을 알고도 그녀를 아내로 맞았다. 얼마 지나지 않아 결국 영란 씨는 세상을 떠났고 그는 아내와 함께 살기로 했던 집에서 홀로 그녀를 추억하며 살아가고 있었다.

이 영상을 접한 많은 사람들이 눈물 흘렸을 것이다. 젊은 나이에 투병, 조금씩 가까워 오는 죽음, 암 진단, 항암치료, 남편과 아이 그리고 가족들의 사랑, 남겨진 사람들에 대한 아쉬움과 미련 등 나와 겹치는 부분이 많아 보였다. 무엇보다 그토록 평범하길 원했지만 하늘은 그들에게 평범한 행복을 허락하지 않음이 나와 닮아 보였다.

가수 이승환 씨도 이 다큐를 봤다고 한다. 가슴 아픈 현실을 받아들여야 하는 두 사람의 스토리를 보며 마음이 많이 아팠다고 전했다. 그는 다큐를 보며 떠오른 악상을 종이에 옮겼다. 그 노래는 많은 사람에게 알려져 지금까지 그들의 사랑을 위로하고 있다. 노래 제목은 '어떻게 사랑이 그래요', 이 두 사람의 애절한 사랑을 노래하고 있다. 노래 가사는 이번 생은 잠시 스쳐가는 사랑일지 모르지만 다음 생은 무엇으로 태어나든 반드시 다시 만나 사랑하자는 내용을 담고 있다.

마치 아름다운 사랑을 하는 두 사람처럼 비쳐질지 모르지만 나는 그렇게만 보이지는 않았다. 한 발짝 물러서서 보면 아름다운 사랑스토리일 수 있지만, 그 당사자들은 가슴 찢어지는 현실을 겪고 있기 때문이다. 가장 좋은 것은 이런 가슴 아픈 일이 내 인생에 발생하지 않는 것이다. 하지만 그것은 우리가 선택할 수 없는 일이다. 만약 발생했다면 비록 내일 영원한 이별이 찾아올지 모르지만 오늘 함께할 수 있음에 감사하는 마음을 갖는 것이 최선이다.

리틀 싸이
전민우

2012년 7월, 싸이 6집 앨범 강남스타일이 발매되었다. 강남스타일은 한국을 넘어 세계로 널리 알려졌다. 당시 해외에서는 대한민국보다 강남스타일에 더 높은 관심을 보이는 사람들도 많았다. 이때 등장한 어린 싸이들도 함께 관심을 모았다. 이중 한 명이 중국의 '리틀 싸이'로 알려진 전민우 군이었다. 전민우 군은 2011년 한국에서 SBS TV 〈스타킹〉에 출연해 시청자에게 눈도장을 찍은 후 싸이 6집 앨범이 발매되자 중국의 TV 예능 프로그램 〈중국몽상쇼〉에서 싸이의 '강남스타일' 무대를 펼쳐 '중국 리틀 싸이'로 등극하며 왕성한 활동을 이어갔다.

나는 연예인에 별 관심이 없었다. TV에 잘 나가는 연예인이 출연해도 나의 관심을 끌지는 못했다. 나를 놀라게 한 것은 싸이의 강남스타일보다 중국 리틀 싸이 전민우 군에 관한 언론 기사였다. 전민우 군의 인기는 그리 오래 가지 못했다. 2014년 건강이 좋지 않아 활동을 돌연 중단하게 되었다. 그의 병명은 뇌종양, 그중에서도 종류가 나와 동일한 신경교종이었다. 놀라지 않을 수 없었다. 당시 전민우 군의 나이는 10살이었다. 물론 뇌종양 신경교종은 나이와 큰 관련이 없는, 원인조차 제대로 밝혀지지 않은 병이지만 그 어린 나이에 나와 같은 고통을 겪을 것을 생각하니 마음이 아팠다.

그 후 전민우 군은 투병 끝에 2016년 2월 10일 사망하게 된다. 나는 2009년에 뇌종양 판정을 받은 후 두 차례 수술을 거쳐 지금까지 치료를 병행하며 살고 있다. 전민우 군은 나와 동일한 병이었음에도 발병 위치가 좋지 않았다. 종양이 좌뇌에 위치한 나와 달리 전민우 군의 종양은 뇌간에 자리 잡고 있었다. 만약 수술을 하게 될 경우 생명이 위험할 수 있어 수술을 할 수 없었던 것이다. 그렇게 사람들의 관심과 사랑을 뒤로하고 중국 리틀 싸이 전민우 군은 세상을 떠났다.

전민우 군의 소식을 접하며 많은 생각이 교차했다. 속된 표현으로 '오는 데는 순서 있지만 가는 데는 순서 없다'는 말이 실감났고 '인생사 새옹지마(塞翁之馬)'라는 표현도 머리를 맴돌았다. 내일 일조차 확신할 수 없는 것이 사람이다. 언제 예상치 못한 역경이 나를 찾아올지 모른다. 그때 가장 과거로 되돌리고 싶은 순간이 이 책을 읽고 있는 지금일 지도 모른다.

과거의 아쉬움,
미래의 답답함,
현재의 행복

남편의
사랑

결혼 초기 신혼부부는 깨가 쏟아진다고 하는데, 우리 부부는 그렇지 않았다. 서로 좋아 결혼을 했지만 결혼 후의 삶은 현실이었다. 작은 것 하나도 타협점을 찾지 못해 말다툼으로 이어지기 일쑤였다. 서로 다투며 오간 말싸움이 서로에게 상처로 남을 때도 많았다. 남편이 나를 많이 사랑한다는 사실은 나 또한 잘 알고 있었다. 그리고 자신의 일과 삶에 최선을 다하는 사람이라는 사실도 안다. 하지만 결혼생활이란 혼자가 아닌 둘이 함께 발목을 묶고 달리는 게임이다. 나 역시 많이 부족한 사람으로 우리의 부부생활이 순탄치 않았음은 분명했다.

비록 결혼 초기 시절 우리는 힘들었지만 위기를 잘 넘겼다. 서로의 상처를 안아 주고 치유해 주었다기보다 잦은 다툼으로 둔감해졌다는 표현이 더 맞을 것 같다. 그러다 서로를 조금씩 이해하게 되었다. 살아온 가정환경을 인정하고 서로에 대한 배려로 관계를 회복시켜 나갔다. 조금씩 관계가 회복될 즈음 뇌종양 발병으로 입원하게 되었고 다시 한번 우리는 큰 산을 넘는 기분이 들었다. 지금의 남편은 결혼 초기와 비교해 보면 '완전체'가 되었다고 표현하고 싶다. 나와 너무나 잘 맞는 사람이 된 것이다. 남편의 한마디가 내게 큰 힘이 되고 의지가 된다. 특히 뇌종양 수술 3년 후 첫 아이가 태어나고 이후 둘째가 태어나며 관계가 더욱 안정화되었다.

하지만 현실적인 문제가 남아 있었다. 바깥일을 하느라 집에서 아이들과 놀아줄 시간이 많지 않았다. 어느 순간 아이들이 '아빠는 자주 볼 수 없는 존재' 정도로 인식하는 것 같았다. 이것은 비단 우리 가정뿐만 아니라 대한민국에서 가정을 꾸리고 살아가는 모든 부모들의 고민이 아닐까 생각된다. 그러던 중 남편은 고민 끝에 결단을 내린 듯 보였다. 회사의 업무형태를 달리하여 아이들과 노는 시간을 많이 늘린 것이다. 내심 아이들이 아빠를 꺼리거나 잘 맞지 않으면 어쩌나 하는 염려도 있었지만 그 염려가 무색할 정도로 아이들은 아빠와 놀기를 좋아하고 잘 따랐다. 아마도 남편이 그런 결단을 내린 배경에는 투병생활로 나의 몸 컨디션이 일정하지 않다는 데 이유가 있을 것이다. 자신의 힘으로 가정을 정상 범위에서 벗어나지 않게 하려는 노력으로 보였다.

　해외 TV 프로그램에 소개된 한 여자의 사연이 생각난다. 그녀는 자기 남편의 '공개구혼'을 하고 있었다. 2015년 9월 급작스럽게 난소암 판정을 받고 시한부 인생을 살던 여자는 세상을 떠나기 전 〈뉴욕타임스〉에 특이한 내용의 칼럼을 기고했다. '제 남편과 결혼하실래요?'라는 제목이었다. 칼럼에서 여자는 "꿈처럼 멋지고 결단력 있는 여행 동반자를 찾고 있다면, 제 남편 제이슨이 바로 당신의 사람"이라며 남편의 칭찬을 아끼지 않았다. 이 공개구혼은 온라인 조회수 50만 건을 기록하며 사람들에게 잔잔한 감동을 주었다고 한다. 이 스토리가 내 기억에 오래 남는다는 것은 그만큼 내 남편도 괜찮은 남편이란 생각이 들어서가 아닐까.

　이 책을 통해 남편에게 내 마음을 전하고 싶다. 힘든 와중에도 현실에 최선을 다하는 모습에 감사하고, 아이들을 상처 주지 않고 키우려는 노력에 감사하고, 자기 일을 성공으로 이끌기 위한 노력에 소홀하지 않는 모습에 감사한 마음을 전합니다. 사랑해요. 여보.

별이와
콩이

시기가 되면 나뭇잎이 떨어진다. 하지만 그것으로 끝이 아니다. 나뭇잎은 다시 거름이 되어 나무의 성장을 돕는다. 부모도 이와 비슷하다. 사람도 자연의 일부인 만큼 이치를 거스를 수 없다. 영원히 함께하며 지켜 주는 것이 부모의 역할이 아니다. 다음 잎이 잘 성장할 수 있도록, 스스로 자립할 수 있도록 돕는 것이 부모의 역할이다. 이 챕터는 사랑하는 우리 아이들 보윤이, 건우에게 전하는 메시지를 담았다. 별이는 보윤이의, 콩이는 건우의 태명이다.

이 책을 통해 아이들에게 말하고 싶다.

'비록 엄마가 너희에게 물질적인 풍요를 선물하지는 못했지만 엄마가 줄 수 있는 최고의 선물은 너희를 사랑하는 엄마의 마음이란다. 눈에 보이지 않지만 세상을 살아가는 데 가장 필요한 것은 누군가 너희를 사랑하고 있다는 사실이야. 보윤이 건우는 사랑받기에 충분한 존재란다. 너희는 소중한 사람이야.

살다 보면 행복한 일도 불행한 일도 있단다. 그게 우리의 삶이고 자연스러움이야. 오늘의 행복이 내일의 불행이 될 수도, 오늘의 불행이 내일의 행복이 될 수도 있지. 우리는 알 수가 없어. 작은 일에 너무 상처받지 말거라. 우리는 그저 이 순간 오늘 하루의 소중함을 잊지 말고 자신에게 부끄럽지 않도록 최선을 다하면 된단다.

보윤아, 건우야 엄마가 많이 사랑해.'

짐을 나누는
동생

나는 많이 부족한 사람이다. 부모님께 효도하는 딸도 아니다. 첫째 딸인데 첫째처럼 듬직한 맛이 없는 첫째다. 내게는 동생이 둘 있다. 두 살 아래 여동생과 나이 차이가 꽤 나는 열여덟 살 아래 남동생이다. 나와 두 살 터울의 여동생은 내게는 듬직한 동생이고 부모님께는 내가 하지 못하는 효녀 노릇도 한다. 첫째 같은 둘째란 표현이 맞겠다. 그래서 항상 나는 동생에게 고마운 마음이 있다.

어릴 적 맛있는 과자를 부모님께서 사오시면 우리 자매는 신이나 과자를 향해 달려갔다. 언니인 내가 맛있는 과자를 사랑하는 동생에게 나눠주고 양보하는 훈훈함은 찾아보기 어려웠고 내 과자를 빨리 먹고 동생의 과자까지 빼앗아 먹었던 기억이 난다. 그때도 좋은 언니는 아니었던 것 같다. 잘 챙겨 주는 언니도 아니었고, 어릴 적부터 동생 괴롭히길 좋아해 많이 괴롭히던 그런 언니였다. 오죽하면 내 결혼식이 다가오자 동생은 형부에게 밝은 얼굴로 언니를 데려가 줘서 고맙다는 말까지 했다.

어느 집에나 듬직한 형제나 자녀가 한명씩 있다. 어른들 말씀에 따르면 큰 나무 아래 나머지 형제는 그 나무의 그늘에 많이 가려진다고 한다. 그래서 형제간 사이가 좋지 않거나 조금씩 불만이 쌓여 의절하는 경우도 생긴다. 보이지 않는 벽과 대화의 단절이 부른 결과가 아닐까 싶다. 적어도 우리 자매는 서로를 많이 생각하고 위하며 살아간다. 함께 아파하고 함께 울어 주는 그런 사이다. 그래서 동생은 내게 더욱 소중한 사람이다.

가끔 동생을 생각하면 눈시울이 붉어진다. 내가 많은 빚을 지고 있기 때문이다. 서른 살, 남들은 사회에 진출해 능력을 키우고 경력을 쌓는 중요한 시기에 나는 뇌종양 판정을 받았다. 누구도 예상치 못한 상황으로 주변 모든 사람이 크게 당황했다. 당시 입원은 했지만 당시 남편은 회사일로 병간호가 힘든 상황이었다. 그때 큰 병명을 선고받고 실의에 빠져 있던 나를 본 동생이 회사에 연차를 내고 병간호를 자처했다. 사회생활을 해본 사람이라면 알겠지만 그것은 쉽지 않은 결정이

지금 살아있으니까 괜찮아

다. 일반적으로 회사 시스템상 갑자기 직원 한 명이 쉴 수 있는 환경을 만들기는 어렵기 때문이다.

그 후 2017년 10월, 뇌종양 2차 재발로 인해 항암치료를 해야 하는 상황이 발생했다. 책의 앞부분에 말한바 있지만 당시 나는 아이 둘 맡길 곳을 찾지 못해 이중고를 겪고 있었다. 여동생은 당시 아이 셋을 키우고 있었기에 내가 부탁할 수 있는 입장이 되지 못했다. 하지만 내 상황을 전해 들은 동생이 우리 아이들을 봐 주겠다고 나섰다. 아이 셋을 돌보는 것만으로도 얼마나 힘든 일인데 한 사람이 집안일을 하며 아이 다섯을 돌본다는 것은 생각하기 어려웠다. 정신적으로 육체적으로 감당하기 쉽지 않은 일이다. 과거 부모님 세대와 같이 시골 마당에서 여러 형제가 함께 뛰어놀며 자라는 시대가 아니다. 아이 하나를 키우기 위해 안전, 교육, 영양, 청결 등 많은 신경을 써야 하는 시대다. 동생은 아이 셋을 키우고 있었기에 누구보다 이런 어려움을 잘 알고 있었지만 언니를 위해 희생한 것이다. 동생의 고마움은 말로 표현하기 힘들 정도다.

동생은 내가 항암치료를 받는 중에도 내 병에 대해 적극적으로 공부하고, 함께 운동하며 힘이 되어 주었고 항암에 좋은 음식을 찾기도 했다. 각종 커뮤니티에 가입해 뇌종양을 겪은 경험자들의 정보도 많이 모았다. 그렇게 병을 이기기 위해 함께 힘쓰며 노력하고 있었다.

2018년 2월, 나는 동생 집 근처로 이사를 했다. 지금은 걸어서 닿을 수 있을 정도의 거리에 살고 있다. 누구에게나 자신을 후원해 주는 사람이 있을 것이다. 그 사람을 생각하면 마음이 든든해지고 자신감이 생긴다. 비록 나보다 어린 동생이지만 내겐 동생이 그런 사람이다. 이 책을 통해 다시 한 번 고마운 마음을 전하고 싶다. 많이 고맙고 사랑한다, 동생아.

미래의 두려움보다
현재에 충실

나는 앞날을 확신할 수 없는 몸이다. '진인사대천명(盡人事待天命)', 사람이 할 수 있는 일을 다 하고 하늘의 명을 기다린다는 뜻이다. 건강이 더 나빠짐을 막기 위해 매일 아침운동을 하고 오후에는 열심히 걷는다. 병원에서 정기적인 치료를 받으며 주어진 오늘 하루의 삶을 열심히 살 뿐이다. 미래에 대한 두려움으로 아무것도 하지 못하는 사람들이 있다. 그런 사람들에게 현재의 소중함을 말해 주고 싶다.

사업에 실패한 한 사업가가 있었다. 자금 회전이 원활하지 못해 회사가 부도난 것이다. 공장 가동이 중단되고 생산 후 판매처까지 이동

하지 못한 제품들이 창고에 가득 쌓여 있었다. 이 사업가는 망연자실해 아무것도 할 수 없는 상태였다. 앞으로 미래가 막막하게 느껴졌다. 이제 곧 빚 독촉을 하는 사람들도 몰려올 것이다. 이 상황에서 사업가가 해야 할 일은 무엇일까? 아마도 지금 사업가가 할 수 있는 일은 자신이 감당할 수 있는 일을 해내는 것이 전부이다. 멍하니 자리에 앉아 열심히 울어봤자 변하는 것은 아무것도 없다. 비록 부도난 회사이지만 능력껏 수습하고 채권자들에게 성의 있는 태도로 응대하는 것이다. 사람은 현재에 충실한 삶이 가장 좋은 삶이다.

나 또한 미래를 이렇게 준비한다. 미래에 내가 어떻게 될지 많이 궁금하다. 하지만 닥치지도 않은 미래에 대해 미리 걱정하고 싶지 않다. 그 걱정은 분명 현재의 나를 무기력하게 만들 수도, 공포로 몰아갈 수도 있기 때문이다. 미래에 대한 막연한 두려움으로 오늘의 에너지를 쏟느니 현재에 충실한 삶을 사는 사람이 현명하다.

희망은 현재의 어려움을
가볍게 한다

주치의 선생님께서 말씀하시길 내 병은 완치가 될 수 없다고 한다. 평균 수명은 발병 후 5~7년 정도. 짧으면 2년이 채 되지 않아 사망하는 사람도 있다. 중국 '리틀 싸이' 전민우 군이 대표적인 사례다. 나는 2009년 발병 후 현재 2018년까지, 10년째 병원을 오가며 치료중이다.

뇌종양도 종류에 따라 완치가 가능한 사람이 있고 그렇지 않은 사람이 있다. 탤런트 이의정 씨가 앓았던 뇌종양은 완치가 되었다고 하는데 나는 왜 안 되냐는 질문에 주치의 선생님은 이의정 씨의 뇌종양 종류를 말씀하시며 그 종류는 완치가 가능하다는 말씀을 하셨다. 안타깝게 내 머릿속에 자리 잡은 종양은 완치가 어려우며 그저 사망 시기를 늦추는 항암치료를 하는 수밖에 없다고 하셨다. 하늘이 무너지는 듯한 느낌이었고 희망이 보이지 않았다. 마음속에 희망이 있는 사람은 그렇지 않은 사람에 비해 어려움을 극복하는 힘이 강하다. 희망이 사라진다는 것은 육체적 정신적인 고통이 더욱 가중된다는 의미로도 해석된다. 주치의 선생님의 말을 듣는 순간 내 희망이 사라지는 듯한 느낌이었다.

하루는 병원에서 알게 된 환자의 보호자로부터 우연히 내 병을 치료하는 방법이 있다는 말을 들었다. 반신반의했다. 소금인지 설탕인지 구분하는 가장 좋은 방법은 찍어 먹어 보는 것이다. 전해 들은 정보를 토대로 인터넷으로 자료를 찾아보고 치료 방법과 절차에 대해 해당 병원 관계자들과 통화도 했다. 확인 결과 TV 뉴스와 방송에서도 소개가 된 치료방법이었다. 하지만 치료기술이 개발되고 있다는 정도의 치료 원리를 소개하는 기사였다. 내게 이 정보를 주신 분은 이 기술이 현재 환자치료에 사용되고 있다는 말이었다. 그것은 '중입자'를 이용한 치료기술이었다. 알아본 바에 따르면 중입자 치료를 받을 경우 완치 가능성도 있다는 것이다.

내가 이 치료를 받기에는 현실적인 문제가 존재했다. 중입자 치료를 받기 위해서는 중입자를 분리하기 위한 중입자가속기가 필요한데 우리나라에는 없는 의료기기였다. 이는 독일과 일본에서 개발된 의료기기로 중국 상해의 한 대학병원에도 유럽의 중입자가속기가 수출된 상황이었다. 만약 내가 그 치료를 받게 된다면 가까운 중국이나 일본으로 가야 했다. 해외로 나가 치료받는 것이 문제가 아니었다. 문제는 치료비였다. 이 치료를 받기 위해서는 억대의 치료비가 필요하다.

우리 집은 이 정도의 치료비를 감당할 여력이 없다. 하지만 나는 치료를 받기 위한 여러 가지 방법을 모색하고 있다. 사실 중입자 치료가 나를 낫게 할 수 있을지, 그렇지 않을지 알 수 없는 일이다. 하지만 치료에 새로운 희망이 생겼음은 분명해 보인다. 치료를 받기 위해서는 몸 컨디션도 좋아야 하고 뇌종양이 확산되지 않도록 노력도 필요하다. 그래서 나는 긍정적인 생각과 희망으로 정신을 무장하고 운동을 통해 육체적인 체력도 보강하며 하루하루 감사한 마음으로 살고 있다.

희망은 현재의 어려움을 극복하는 데 분명 큰 힘이 된다. 한 예로 과거 불치병의 대명사로 알려진 에이즈는 치료 방법이 없었다. 하지만 시간이 흐른 지금은 더 이상 불치병이 아니다. 완치에 가깝게 치료하는 신약이 개발되었기 때문이다. 그러나 안타깝게도 높은 가격 탓에 소수에게만 공급되어 아직도 많은 에이즈 환자가 죽어가고 있다고 한다. 치료 유무를 떠나 과거 치료가 불가능했던 현실에서 지금은 희망을 품을 수 있는 시대로 바뀌었다는 사실이 중요하다. 치료를 간절히 희망하는 사람에게는 이런 가능성 자체가 힘과 위안이 될 수 있다.

최선이 아니면 차선을 선택하고, 최악의 상황을 피하기 위해 차악을 선택해야 한다. 사고로 한쪽 팔이 부러졌다면 두 팔 모두 부러지지 않았음에 감사하게 생각하는 마음이 필요하다. 삶은 고통의 연속이라는 말처럼 이 책을 읽는 분 중에도 어려운 상황에서 갈등하는 분들이 많을 것이다. 아이러니하게 사람은 타인의 어려움을 보며 자신의 행복을 느낀다고 한다. 뇌종양으로 삶과 죽음의 경계를 달리는 나조차도 희망을 가슴에 품고 있다. 지금 이 책을 읽는 당신의 어려움을 가볍게 하는 희망은 무엇인가.

지금 살아있으니까 괜찮아

우리 모두
시한부 인생이다

삶의 유한함에 대해 누구나 알고 있다. 하지만 이 사실을 실감하며 사는 사람은 그리 많지 않다. 그래서 영원히 살 것 같은 느낌으로 우리는 하루하루를 살아간다. 한편으로는 자연스러우면서 다른 한편으로는 어리석게 느껴질 때가 있다. 10년 전과 지금을 생각해 보면 어떻게 시간이 흘렀는지도 모르게 시간이 지났다. 이렇게 몇 번 더 반복된다면 살아갈 날이 그리 많이 남지 않았음을 알 수 있다.

철학(philosophy, 哲學)은 인간과 세계에 대한 근본 원리와 삶의 본질 따위를 연구하는 학문이다.[6] 철학은 죽음에 대해 끊임없는 질문을 던진다. 왜일까? 유익한 삶을 살기 위한 질문만으로도 질문의 끝이 없을 텐데 죽음을 조명하는 이유가 뭘까? 그 이유 중 하나는 죽음에 대해 유심히 관찰할수록 아이러니하게도 현재의 삶의 소중함과 가치를 더

---

6 네이버 국어사전 참고

욱 느낄 수 있다는 것이다. 죽음을 바라봄으로써 현재 살아 있음에 감사하게 되고 남은 삶에 대해 숙연해지게 된다.

2018년 5월, 나는 2차 뇌종양 재발에 따른 항암치료를 6개월째 이어가고 있었다. 치료를 이어가던 중 중간점검을 위해 MRI 촬영을 했고 담당 의사선생님으로부터 경과가 좋지 않다는 얘기를 전해 들었다. 다른 항암치료를 시도해야겠다는 말씀이셨다. 모든 항암치료가 그렇지만 쉬운 항암치료는 단 한 번도 없었다. 머리카락이 모두 빠지거나, 몸이 말할 수 없을 정도로 아프거나, 구토를 하거나, 온몸에 힘이 없어 제대로 활동하기가 어려웠다. 더 두려운 사실은 이 항암치료를 얼마나 더 해야 할지 모른다는 것이다. 이렇게 해서 정상적인 삶을 살아갈 수 있을지 의문이다. 나는 이런 경험을 통해 나의 의지와 무관하게 삶의 유한함을 또다시 깨닫게 된다. 이 책을 읽는 여러분이 만약 나와 같은 현실에 놓인다면 어떨까?

우리의 마지막 날이 언제가 될지는 신만이 아신다. 그날이 언제일지 알 수 없지만 중요한 사실은 그날이 하루하루 다가오고 있다는 사실이다. 사주팔자(四柱八字)는 인간의 운명을 알아보는 도구로 사람들에게 널리 알려져 있다. 생년·생월·생일·생시를 토대로 그 사람의 길흉화복을 점친다. 이 사주팔자가 '옳다', '그르다'라는 명제를 넘어 과거부터 사람들에게 큰 영향을 미쳐 왔다. 여기에는 태어나서 죽기까지 과정을 점치고 있다. 이런 학문을 운명을 논하는 학문이라 하여 명리학(命

理學)이라고 부른다. 이 명리학에서는 죽음의 시점까지 대략 점칠 수 있다.

이 학문에 근거한다면 누구나 태어나 죽는 순간이 정해져 있다. 자신에게 할당된 영역 안에서 그 삶을 어떻게 영위할 것인지가 우리 선택의 전부다. 우리는 모두 시한부 인생임을 잊어서는 안 된다. 오늘 자신에게 이렇게 질문을 던져 봐라.

영원히 살 것처럼 오늘 하루를 살아가고 있지는 않은지.

지금
살아있으니까
괜찮아

ⓒ 최진희, 2018

초판 1쇄 발행 2018년 11월 12일

지은이   최진희
펴낸이   이기봉
편집   좋은땅 편집팀
펴낸곳   도서출판 좋은땅
주소   경기도 고양시 덕양구 통일로 140 B동 442호(동산동, 삼송테크노밸리)
전화   02)374-8616~7
팩스   02)374-8614
이메일   so20s@naver.com
홈페이지   www.g-world.co.kr

ISBN   979-11-6222-821-0 (03810)

이 도서의 국립중앙도서관 출판시도서목록(CIP)은 서지정보유통지원시스템 홈페이지(http://seoji.nl.go.kr)와 국가
자료공동목록시스템(http://www.nl.go.kr/kolisnet)에서 이용하실 수 있습니다. (CIP제어번호 : CIP2018034972)